# 銀河英雄伝説外伝4
# 螺旋迷宮《スパイラル・ラビリンス》

田中芳樹

宇宙暦《SE》788年。惑星エル・ファシルからの民間人救出の功により，突如若き英雄として祭り上げられたヤン・ウェンリー。彼に与えられた新しい任務は，謀殺疑惑の解明——43年前戦場に散った同盟軍史上屈指の英雄，ブルース・アッシュビー提督の死の真相を突き止めることだった。戦場においても私生活においても華やかだったアッシュビーと，彼を支えた仲間たちとの複雑な関係。華麗な戦術と神業のような用兵を誇った名将の光と闇を追う探偵行は，若き智将を複雑に入り組んだ謎の迷宮へと導く……そして新たな任地へと赴いたヤンを待ち受ける，意外な事件解明の“鍵”とは？　外伝第四弾。

# 銀河英雄伝説外伝4

## 螺旋迷宮《スパイラル・ラビリンス》

田中芳樹

創元ＳＦ文庫

# LEGEND OF THE GALACTIC HEROES : SIDE STORY IV

by

Yoshiki Tanaka

1989

目次

# 登場人物

●自由惑星同盟

ヤン・ウェンリー……………………………………少佐。二一歳
アレックス・キャゼルヌ………………………………統合作戦本部参事官。中佐
オルタンス・ミルベール………………………………キャゼルヌの婚約者
ジェシカ・エドワーズ…………………………………士官学校時代からのヤンの旧知
ダスティ・アッテンボロー……………………………士官学校四年生
フョードル・パトリチェフ……………………………捕虜収容所参事官補。大尉
バーナビー・コステア…………………………………捕虜収容所所長。大佐
ジェニングス……………………………………………捕虜収容所副所長。中佐
ボーリイ…………………………………………………捕虜収容所警備主任。少佐
チャン・タオ……………………………………………ヤンの従卒。一等兵
クリストフ・フォン・ケーフェンヒラー……………収容所自治委員会の長。帝国軍大佐

プレスブルク……………………捕虜。帝国軍中尉
マシューソン……………………管区司令官。准将
ムライ……………………………管区司令部参事官。中佐
ブルース・アッシュビー………同盟軍史上に残る英雄。〝七三〇年マフィア〟の指導的存在
アルフレッド・ローザス………退役大将。〝七三〇年マフィア〟の最後の生き残り
ミリアム・ローザス……………ローザス退役大将の孫娘
フレデリック・ジャスパー……〝七三〇年マフィア〟の一員。異名〝行進《マー》曲《チ》〟
ウォリス・ウォーリック………〝七三〇年マフィア〟の一員。異名〝男爵《バロン》〟
ジョン・ドリンカー・コープ…〝七三〇年マフィア〟の一員
ヴィットリオ・ディ・ベルティーニ…〝七三〇年マフィア〟の一員
ファン・チューリン……………〝七三〇年マフィア〟の一員

注／肩書き階級等は登場時のものです

# 銀河英雄伝説外伝4

## 螺旋迷宮《スパイラル・ラビリンス》

# 第一章　英雄のあたらしい仕事

## Ⅰ

ヤン・ウェンリー大尉の生命は六時間で終わった。

それは宇宙暦《SE》七八八年九月一九日のことで、二一歳のヤンは一〇時二五分に中尉から大尉に昇進する辞令をうけ、一六時三〇分には少佐の辞令をうけとったのである。大尉の在任期間二万一九〇〇秒は、自由惑星同盟軍《フリー・プラネッツ》の建軍以来、最短記録であった。

「少佐の在任記録も最短を更新するよう、貴官の努力を望む。がんばってくれ」

国防委員会人事局長のグローブナー氏がそういって笑顔をつくり、肉の厚い湿った掌《てのひら》でヤンの手をつかんで大きくゆさぶった。そりゃあ笑顔もできるだろうさ、がんばるのはあんたじゃないからね。口にはださず、ヤンは毒づいた。彼ヤン・ウェンリーは、惑星エル・ファシルから三〇〇万人の民間人を救出して帰還したばかりだった。

「大尉、か……」

自分が地位や階級に執着する人間だとは、ヤンは思っておらず、それはまた事実であった。にもかかわらず、六時間しか経験しなかった大尉という地位に、ヤンは奇妙な愛着を自覚していた。一年二年とその地位にあれば、しだいにいやになってくるにちがいないが、たった六時間では嫌気がさす暇もありはしない。生者に二階級特進なし、という不文律《ふぶんりつ》がもたらした奇妙な処置であった。

大尉という階級は、士官学校の卒業生にとっては、二〇代のうちに体験する通過点であるにすぎない。だが、兵卒《へいそつ》からたたきあげた軍人にとっては、しばしば軍歴の最終到達点になる。〝老大尉〟という一般名詞があるのは、退役寸前の軍人が、〝これまでの功績を総合的にかんがみて〟中尉から昇進することが多いからである。

「しかし、少佐、きみはまことに幸運な人だ。うらやましい星の下に生まれたものだな」

グローブナー氏の声には、わずかながら恩着せがましいひびきがあった。建国の父アーレ・ハイネセンは、二一歳のとき、無位無官の身を流刑星におき、酷寒のなかで強制労働に従事していた。その境遇に比較すれば、ヤンの今日《こんにち》は、サンルームでひなたぼっこをしているようなものだ。先人の労苦を思えば、自分の幸福さにたいして、しみじみと感謝の心情《きもち》が湧きおこる……

「ものか」

と、ヤン・ウェンリーは、内心、一言のもとに、通俗的道徳論を蹴とばした。敬愛するアーレ・ハイネセン自身にさとされたならともかく、現にヤンより有利で幸福な立場にある連中にお説教される義務はさらさらない。

さいわいにして、グローブナー氏との対面は短時間で終わった。ヤン・ウェンリー少佐は、あたらしい辞令と階級章をうけとって退出した。

「しばらくは大規模な戦闘もないはずだ。つかのまの休暇を楽しみたまえ」

人事局長のありがたいおおせだった。

たしかに一世紀以上も戦争がつづいているからといって、一日もかかさず戦闘がおこなわれているわけではない。一日の戦闘にそなえて、一〇〇日が費《ついや》される。軍隊が編成され、兵士が訓練され、指揮官の人事がおこなわれ、軍需物資が生産され輸送され保管される。戦争は、再生産に結びつかない巨大な消費のシステムであり、死と破壊のブラックホールへむけて人命とエネルギーと物資を無限に投入しつづける不毛な経済行為である。不毛であるとはいっても、たとえばヤンのように、それを職業としている人々が、全宇宙には何億人もいるわけで、彼らが一人一杯コーヒーを飲んでも、莫大な経済効果が生じるわけだ。

「かくしてフェザーンだけが肥え太るというわけか、やれやれ」

交易商人の惑星であるフェザーンが悪辣《あくらつ》なのではない、帝国と同盟が愚かなのだろう。ヤンはその愚者の列にならんでおり、ほかの愚者にたいし、相対的な優越を確保したことで、少佐という地位をえたわけであった。そして辞令とひきかえに、休息の真の意味とはほど遠い状況におかれることになったのである。当人もたじろぐほどの賞賛の豪雨が降りそそいできたのだ。

「成功するまで、味方なんぞほとんどいなかったけどなあ」

しみじみと、ヤンは近過去をかえりみた。エル・ファシルで脱出行の指揮をとっていたとき、彼は非難と批判の集中砲火をあびていたのだ。彼は救世主どころか、民間人を見すてたなさけない軍隊の代表でしかなかった。おとなしくしていれば、「たよりない青二才」といわれ、市民を安心させるため胸を張っていれば、「実績もないくせに、えらそうに」と罵倒された。

名も顔も忘れてしまってくやんでいるが、一三、四歳の少女がひとり、激励してくれただけではなかったろうか。惑星ハイネセンに着くと、人間の皮をかぶった邪気の大群が殺到してきて、ヤンは狂騒的な宴《うたげ》のただなかに放りこまれてしまった。

ヤン・ウェンリーというあたらしいハンカチは、旧式の洗濯機の渦にも似た騒動のなかで、浮いたり沈んだりした。軍部の広報部門と強い結びつきのある立体TV《ソリビジョン》放送局は、とんでもない企画をもちこんできた。

「リンチ提督の夫人と、立体TV《ソリビジョン》で対談していただきたいのですがね。六〇分番組で、出演料は一万ディナールさしあげます。視聴率一パーセントにつき、歩合《ぶあい》でボーナスも……」

これは言下に拒絶した。世の中には、他人の心臓の傷口から流れだす血をなめて生きる輩《やから》がたしかに実在するのだ。そう実感せざるをえなかった。ヤンが英雄に祭りあげられるいっぽうで、逃亡したリンチ提督の妻は官舎をひきはらい、子供をつれて実家へ身をよせ、人前に姿を見せなくなった。ヤンの責任ではないはずだが、後味の悪さはどうしようもない。若い女性読者を対象とした雑誌や放送局の執拗な取材攻勢も、ヤンをうんざりさせた。〝エル・ファシルの英雄〟という虚名に憧れる若い女性は、いくらでもいるだろう。だが、ヤン・ウェンリーという実体を愛してくれる人が、さて、どのていど存在することか。

騒がれることに疲れはてて、二一歳のヤンは、いささかシニカルな気分になっていた。もっと陽気に、有頂天になっても許されるだろう。二一歳という年齢では。だが、ヤンは〝英雄〟という金ぴかの豪華な椅子に、すわり心地の悪さを感じていた。権力という高価な服に、着心地の悪さをおぼえるように。

人はそれぞれである。権力という服をりっぱに着こなす人間もいる。ヤン・ウェンリーがそのような人間でなかったという事実は、精神の骨格のタイプがことなるというだけのことであり、善悪の尺度で測れるものではない。

記者会見、インタビュー、表彰式、会食などの過密スケジュールは、一週間で半段落した。この間、睡眠不足はむろんのこと、食事の味すらろくにわからなかった。前と左右を元帥とか大将とかの礼服にかこまれて、食欲の出ようはずもない。しかも複数のカメラにかこまれ、空虚な演説や賞賛をそそぎこまれながら、ときては。

暴風雨のような一週間がすぎて、ヤンはひと息ついたが、文字どおりひと呼吸にすぎなかった。まずジャーナリズムでも二流以下の連中が押しかけて、さまざまな企画をもちかけてきた。

そのなかに、亡父の最初の夫人をさがしだして対面させようというものがあった。

そういえば、ヤンの亡父タイロンは再婚後にウェンリーという息子をもうけたのであった。初婚の相手とは死別ではなく生別であったから、たぶんまだ生きているだろう。五〇代なかばというところか。父親の最初の妻というのは、つまりヤン・ウェンリーにとって義母にあたるのだろうか。世の中には、実体をあらわすにふさわしい名詞が、意外とすくないものだ。

その女性は知っているだろうか。自分と別れた男の息子が、軍人になり、英雄などという虚名をえたことを。知っているだろうか、喜ぶだろうか、舌打ちするだろうか、鼻先で笑うだろうか。会ってみようか、という気がふとヤンの心に浮かんだが、あわてて打ち消した。おそらく先方には迷惑なだけであろう。ましてイエロー・ジャーナリズムが介在するとあっては。

つぎに大挙しておしよせてきたのは、ヤンの親族と称する人々だった。

そうか、自分にも親族というものが存在したのだ。ヤンのおどろきは新鮮なものだったが、その新鮮さはかならずしも快適な気分に直結はしなかった。〝成功は親族と友人を大量生産する工場である〟とは、旧時代以来の有名なことわざである。

ヤンの父タイロンが、商売と古美術品にかまけて、まるっきり幼い息子の面倒をみようとしないので、親族一同はあきれかつ怒り、あわれな幼な子を――ヤン・ウェンリーのことである――無責任な父親の手から救出しようとこころみたものである。ヤン・タイロンが息子を抱いて遁走《とんそう》したので、親族たちの児童福祉計画は廃案を余儀なくされたのだが、実現していたら、さて、どうなっていたであろう。

　何親等にあたるのかよくわからないが、ヤンより二〇歳ほど年長の紳士が、ヤンの手をとってふりまわし、自分は一〇年以上も前からきみの将来を嘱望《しょくぼう》していた、と言った。

　ほんとうに将来を嘱望していたら、五年前に学資をだしてくれたらよかったのに。そうすれば、自分は士官学校にすすむ必要はなかったのだ。平凡な大学の史学科にはいって、うまくいけば大学院にすすめたかもしれない。ヤンとしては、そう思わざるをえなかった。

　だが、銀河帝国との戦争が一三〇年もつづいているご時世である。ヤンも一兵士として徴兵されることはまぬがれなかったであろう。とすれば、最前線に送られ、なにしろ要領の悪い彼のことであるから、おそらく戦死するか捕虜になるか、どちらかであったのではないか。早い話、エル・ファシルにおける彼が一兵士であったら、そのまま惑星上で帝国軍の手に落ちるか、司令官リンチ少将にくっついて捕虜になるか、である。責任をおしつけられたからこそ、皮肉にも助かったのだ。

「まあいいか。虚名の英雄とはいっても、人の生命を救ってのことだ。反対方向の英雄よりはましなはずさ」

　とはいえ、それを公然と口にだせば、軍の同僚や上官を傷つけることになるだろう。それでなくてさえ、嫉視《しっし》の小さな針が、ちくちくと頸《くび》すじに突き刺さる日々だ。このうえ、非好意的勢力をふやすこともあるまい。

三〇〇万の人命を救ったことは、美談の領域に属することである。三〇〇万の人生、三〇〇万の未来がヤンの手で救われた。そこまでは完全無欠の美談である。問題はそのさきにある。助けられた三〇〇万人の未来に、なにが待ちうけているか。とくに子供たち。中断されずにすんだ人生を、彼らはどう使うだろうか。彼らのなかから、市民の福祉に貢献する人材が出現するかもしれない。犯罪者が登場するかもしれない。生きのびたということは、生きる責任をかせられたということである。三〇〇万の人生がどのように帰結するか、興味のある命題であるが、ヤンの力はおよばないことだった。

## Ⅱ

一〇月一日。ヤン・ウェンリー少佐の現況は、〝待命中《たいめい》〟である。昇進と同時に、以前よりも二倍広い士官宿舎をあてがわれ、やたらと広大な部屋に、貧弱な家具類を配置して、新米少佐は、ぼーっとすわっている。

極端にいうと、ヤンの住居には、寝室とバスルームと書庫があればよい。食事は外ですませるし、家族の個室も必要ない。彼が亡父からうけついだもので、がらくたでかたづけられないものは、万暦赤絵《ばんれきあかえ》とやらいう壺がひとつあるだけである。「また昇進すれば、もっと広い家が必要でしょう」と係官は言うのだが。

「今後一〇年、昇進する予定はありませんよ」

降格する可能性はあるけれど。口のなかで、ヤンはそうつぶやいた。軍人の出世は、登山に似た一面をもつ。けわしい山道、一歩ごとに細まる道を登りつづけるか、谷底に転落するか。どちらが楽だろう。

「いかん、どうも暗くなってるなあ」

立体TV《ソリビジョン》を消して、ヤンはクッションをだいたままソファーにひっくりかえった。精神的バイオリズムの下降期にあるのかもしれない。成功して暗い気分になるとしたら、失敗したらどうなることやら。

少佐ともなれば、佐官らしくあること。

それらしく家具調度をととのえ、家のなかを整理し、従卒に家事をさせる。それともいっそ家政婦を雇うか。いずれにしても、格式をたもつというのは、めんどうなことではある。

士官学校の最上級生ともなれば、下級生がなかば従卒のように靴をみがいたり、荷物の整理をしたり、ときには食事だってつくってくれる。軍隊は階級社会であり、士官学校はその最初の門である。この門は、やたらと狭くて扉も厚いのだが、なんとなくヤンは通過してしまって、階級社会の中以上の場所におさまってしまっている。

ヤン自身、最下級生のときには最上級生の世話をさせられたのだが、あまり酷な目にあったという記憶はない。当時、士官学校の校長はシドニー・シトレ中将で、教育家としてのこの人は、きわめて開明的で目くばりがいきとどいた。

「特権をあたえられるということは、自分の器量をつねに試されることだ。諸君が下級生の人望をえられるか否か、それは士官となってのち、兵士の信頼をえられるか否か、に直結する。私としては、上級生諸君が、厳格さとサディズムとを峻別《しゅんべつ》できるものと期待する」

名校長というべき人物だった。

とはいえ、校長としての権限は、財政当局にとって絶対ではありえない。予算合理化の関係から、戦史研究科の廃止を決定するにいたったのは、シトレ校長の時代だった。無料で歴史を学びたいがために士官学校に入学したヤンにとっては、うらめしい決定であった。校長の責任でないことは明白であったから、シトレ氏個人を怨むつもりはない。もうすこし財政当局にたいして抵抗してくれたらなあ、とは思うが、それがないものねだりであることを、ヤンは自覚してもいる。

そのあたりの自覚が、ヤンの性格を強くしているのか弱めているのか、微妙なところであろう。二一歳という年齢は、もうすこし一方的で明確で単純な価値観をもっていてよいのかもしれない。とにかく、校長であったシドニー・シトレ中将から、

「よくやってくれた」

といわれたとき、他者から空虚な賛辞をうけたときのような不快さがなかったのは、ありが

たいことだった。

「運がよかっただけです」

と答えたのも、いつわりではない。

もっとも、内心で〝運がよかっただけだ〟と思ってはいても、他人から露骨にそう指摘されるのは、やはり愉快ではない。まして、指摘するがわに、あきらかに嫉視がまじっているとすれば。さとりきるには、ヤンはまだ若すぎた。これはまた、さきほどの自覚とは、矛盾しつつ並存している事実である。

さまざまな意味で、ヤンの外世界も内世界も、かなり中途半端であった。

こういう評も、ヤンにたいしてある。

「しょせん少佐どまりの男が、二一歳で少佐になってしまったら、もう人生は終わりじゃないか。なんの楽しみもないだろう」

出世を楽しみにしているわけではないから、これはよけいなお世話というべきだった。もっとも、〝少佐どまりの男〟という評価は、ヤン自身うなずくところがある。そんなところだよな、と、自分で思うのだ。提督という称号や、司令官という地位が、自分に似あうとは、とても思えない。ただし現在の状況も、似あいもしないし想像もできないことではあるが。しかし、まあ、人間には相応の生きかたがあって、最終的にはそこにおちつくのではなかろうか。

一〇年後の自分を、ヤンは想像してみる。それほど華麗な色彩につつまれているとは思えない。だいいち、軍人という職業では、一〇年後が死後になっていないという保証はないのだ。前線に出れば、死と二四時間同衾《どうきん》するような生活である。はなはだ皮肉なことに、退役軍人の平均寿命は、あらゆる職業の人々にまさるのである。規則ただしい生活、バランスのとれた食事、きたえられた身体、定期的な健康診断というわけだ。その結果、壮健で長生きし、〝ちかごろの若い連中は〟と決まり文句をならべて敬遠される。どうもぞっとしない光景である。まあ、それも、あと半世紀ほど生き永らえれば、の話であるが。

九月の末に、退役軍人連盟の会合に出席させられ、へとへとになったところで、公務と私用の大波は、ひとまずおさまった。ヤンは閑居の静かな池に放りこまれた。なんとも静かな池で、その水面に顔をだして、ヤンは、手持ちぶさたの状態である。

待命というのは気楽な身分であるにちがいない。つぎにどのような任務や地位をあたえられるか、その不安さえなければ。いだいてもしかたのない不安であるから、考えても無意味であろう。はっきりしているのは、どこのどういう地位についても、なんとなく居心地が悪いだろうということだ。

士官学校の教官という職もあるが、多くの生徒を相手に授業するのも、なかなかにたいへんなことである。できればもっと気楽な地位がよいのだが。

小人閑居して、無益なことばかりヤンは考えていたわけだが、このぐうたらぶりに停止のベルを鳴らしたのは、アレックス・キャゼルヌであった。統合作戦本部の参事官で階級は中佐。

ヤンにとっては、頭のあがらぬ先輩のひとりである。この人物が一〇月二日に、ヤンを自分の執務室に呼んだのだった。

アレックス・キャゼルヌは二七歳で、実際の年齢よりおちつき、ごくしぜんな自信を身につけているようにみえる。社会に有益な才能をもつという点で、彼はヤンよりはるかに上である。士官学校に在籍していたとき、組織工学にかんする論文を書いて、それがなんとかいう大企業の経営陣に認められ、スカウトされそうになった経歴がある。才幹からいえば、秀才官僚というタイプになるはずだが、悪い意味でのそれらしさはない。年少者にたいして、気さくにふるまうこともできるし、年長者にむかって、オブラートをつけたりはずしたりで毒舌をふるうこともできる。

「将来、そう、二〇年後には後方勤務本部長の座を手にいれるだろうな」

と、もっぱらの評判である。ヤンとは六歳の年齢差があるから、士官学校でともに学んだということはない。若い事務次長として赴任してきた、近過去の偉大なる先輩であった。ちなみに、事務長のエドワーズ氏には、妙齢の令嬢がいて、名をジェシカといった……。

音もなく思惟《しい》の泡がはじけて、ヤンは、キャゼルヌと相対している自分を、あらためて確認した。二、三、話を聴きもらしたらしい。キャゼルヌは、なにかというと退役する退役すると口にする後輩の悪癖を話題にしていたのである。

「いま軍を辞めたら、お前さんの未来はどうなるか、シミュレートしてみようか」

「はあ……」

「たぶんあちこちの企業から、宣伝用の人材としてもとめられるだろうな。美人と手をとって、〝私がえらんだ究極の紅茶〟なんて台詞《せりふ》を立体TV《ソリビジョン》の画面でいうのさ」

「はあ……」

「そしてほどなく選挙にひっぱりだされる。ざっと三〇〇万票、まあ未成年もいるにせよ、最初から大量得票が見こまれる有力新人だ。各政党や派閥が奪いあって、もみくちゃにしたあげく政略の泥沼に放りだす……」

「ははは……」

いささか芸がなく、ヤンは肩をすぼめた。

奇怪な事実であり、不本意な真実であったが、ともかくヤンは軍隊という組織によって、せちがらい競争社会から保護されているという一面があったのである。ヤン・ウェンリーは、ひとりにして、〝世間知らずの学生さん〟と〝世間知らずの軍人さん〟の両面をかねていたから、キャゼルヌの描いた不穏当な未来図には、かなりの説得力があった。

とすれば、不本意なスターあつかいも、〝軍隊への恩返し〟として甘受《かんじゅ》すべきであろうか。

ひとつたしかなことは、軍隊にはいって一〇年未満のヤンに、いまだ年金をうける資格がないということである。士官学校の入学時点から計算しても五年。つまり辞めても無一文ということだ。あと五年はがまんしなくてはならんというところか。

「そうそう、ジャン・ロベール・ラップと先日会った。同期の誇りだといってたぞ」

「いうのといわれるのとが逆ですねえ」

謙遜ではなく、これは本心である。同期でもっとも出世するのはラップだろう、と、ヤンは思っていた。首席のワイドボーンは優等生だが、理にかたむくいっぽうで、他人の欠点や失敗をえぐるような一面があって、同級生や下級生に信望が薄かった。将器としてはラップが上だろう、と、ヤンは思っていた。ヤンと似たような事情で、本来は軍人志望ではなかったというが、ごくしぜんに集団を指導する力量と、下の者から信頼感をよせられる人格的な美点をもっている、と、ラップのことを判断しているヤンだった。面倒見のよい男で、ヤンも何度となく助けてもらった。

「尊敬すべきジャン・ロベール・ラップ氏の件はおいておいてだな」

キャゼルヌは話題を転じた。

「ブルース・アッシュビー元帥の名を知らないってことはないよな」

「そこまで無知だと思われるのは、さすがに心外ですねえ」

ヤンはせいぜい不本意そうな表情をつくってみせた。ブルース・アッシュビーといえば、四三年前、第二次ティアマト会戦で同盟軍を完勝にみちびき、みずからは戦死した人で、同盟軍史上の英雄である。

「で、アッシュビー提督がどうかしましたか」

「戦死ではない、という者がいる」

「戦死でなきゃなんなんです」

「謀殺だ」

さりげない口調で、相手の精神回路に爆弾をしかけるのが、キャゼルヌのお得意芸である。ヤンは一〇秒間ほど士官学校の先輩をながめ、その間に四回はまばたきをはさみこんだ。

「どうだ、聞きずてにできん話だろう」

「歴史に異説はつきものですよ」

「そう、そしてこいつは軍部にとっては無視できない異説なのさ」

「歴史の定説は、確立されてるんでしょう。アッシュビー元帥の死にかんしては。それをいまさら問題にする理由はなんです?」

ヤンが問うと、それに答えようとして、キャゼルヌは資料がないことに気づいたらしい。インターコムで士官を呼び、資料をもってくるよう命じた。ひとりの士官があらわれ、キャゼルヌにファイルをわたしてすぐに出ていった。

ミンツ大尉というその人物は、三〇代なかばの亜麻色の髪をした士官だったが、ヤンは天井にむいて自分の考えにふけっていたので、顔も名前もろくに憶えていない。ファイルに視線を落としながら、キャゼルヌは再開した。

「さて、そもそもの出発点は、統合作戦本部に投書があったことだ。過去三六週間に三六通。

毎週火曜日にとどくので、おれたちは火曜日通信と呼んでいたがね」

それに毎回、おなじ内容のことが書かれていた。つまり〝アッシュビー提督は謀殺された〟ということである。

「反復される投書には、それなりの説得力と根拠があるだろう。で、軍首脳部は、形式をととのえる気になったわけだ」

要するに、ブルース・アッシュビーの死がまちがいなく戦死であって謀殺の可能性などない、ということを証明するのが、その目的である。黙殺を決めこんでもよいが、それではいつまでも噂の火種がくすぶる。

「で、ヤン・ウェンリー新少佐が、非公式の調査委員に選任されたわけだな」

「なんで私が?」

「暇でこまってるんだろう」

「暇でこまったことは一度もありません」

わずかに胸を張って、ヤンは断言したが、キャゼルヌはさりげなく後輩の反応を無視した。

「公式な調査委員会は、まだ発足するかどうか未定でな。お前さんの調査しだいで、発足するかつぶれるか決まるってわけだ」

「へえ、そうですか」

「やる気のなさそうな返事だな」

「実際やる気がありませんからね。身も蓋も底もなくて、申しわけありませんが」

ヤンとしては、そのような投書をとりあげて非公式に調査するという軍首脳部《おえらがた》の思惑について、考えをめぐらさざるをえなかった。

究極的には、情報統制の一環ということになるのだろう。英雄の虚名は、すなわち軍部の名声であり、必要なのはつねに、真実ではなく、かがやかしい伝説である。一般に人は鉄や銅より黄金や白金を貴《とうと》しとするものであるが、幼児と軍人は、とくにその傾向が強いとやら。

「つごうの悪い事実が出てきたら、隠蔽《いんぺい》するか湮滅《いんめつ》するかだろうな。その下見を、私はさせられるわけか」

ばかばかしい話であるように思えた。そして、軍部の工作が明るみに出たら、責任をとらされるのはヤンであろう。

後輩の表情を見て、キャゼルヌが人の悪い微笑をたたえた。

「お前さんは功績をたてすぎたんだ。で、お前さんのあたらしい処遇が、にわかには決まらない。各部署の調整にも時間がかかる」

モラトリアムだよ、と、キャゼルヌは舞台裏を明かした。それなりに一石数鳥の価値があるというわけだ。ヤンにさしあたっての任務をあたえておけば、外部からの雑音を遮断できるし、つぎの正式な地位がさだまれば、任務を中断してもさしつかえない。

「それにだな、ここであるていどの業績をあげておいたら、素質ありということで、戦史編纂《へんさん》所の研究員になれるかもしれんぞ」

「ほんとにそう思いますか？」

「いや、これはお前さんを釣る餌だがね」

ごくおだやかに言われたので、あやうくヤンは、なるほど、と感銘をうけるところであった。

「わかりました、拝命します」

どのみち、いつまでも小人閑居していられる身分ではなかったのである。

# Ⅲ

ブルース・アッシュビーは、自由惑星同盟軍《フリー・プラネッツ》の歴史上、実績と知名度において屈指の存在である。宇宙暦《SE》七一〇年に生まれ、七四五年に戦死したとき大将であった。死後、元帥に昇進している。〝第二次ティアマト会戦〟において同盟軍を完勝にみちびいた偉大な指揮官であり、彼と名声をひとしくする軍事的英雄は、〝ダゴン星域の会戦〟におけるリン・パオ、ユースフ・トパロウルの両者しか存在しない。ヤン・ウェンリーのようなインスタント・ヒーローとは格がちがう。

伝記が一〇ダースほども出版されているし、立体TV《ソリビジョン》や立体映画《ソリシネマ》の素材にもなっている。彼が戦死した一二月一一日は、自由惑星同盟《フリー・プラネッツ》の公式記念日になっている。士官学校を卒業するときは、むろん首席で、開校以来の秀才といわれていた。三年次に次席に落ちたときは、「一生の恥辱だ」と叫んで無念がったそうで、「やれやれ、今年も落第をまぬがれた」と安堵していたヤンとは、天地の開きがあるといえよう。

　士官学校を卒業したとき、二〇歳のブルース・アッシュビーは身長一八六センチ、均整のとれた長身に、青年らしい鋭気をみなぎらせた端整な美丈夫であったそうだ。外見からして、人の上に立つ風格をそなえていたといわれる。

　ヤンを指して「ブルース・アッシュビーの再来だ」という人は、現在のところ存在しない。〝颯爽たる英姿〟とか〝見るからに人の上に立つ品格〟とか呼ばれる要素は、ヤンには欠落している。アッシュビーにも無名の青年時代はあったはずだが、「少尉の身で、大佐よりえらそうに見えた」という。この点、多くの証言が一致しているし、遺された写真やVTRを見ても、たしかに、若くして一軍を指揮するにたると思わせる。するどくかがやく両眼には、他者を威圧する光がみち、そのきつさを、微笑をたたえた口もとがやわらげている。恩威ならびおこなうという表現そのままである。

　ブルース・アッシュビーの司令部は、士官学校の同期生でかためられていた。彼らは宇宙暦《SE》七三〇年六月の卒業生であったため、〝七三〇年マフィア〟と呼ばれることになったが、それほど排他的な集団であったわけではない。ただ、士官学校の同期生が、卒業後一五年にわたって一軍の中核をなし、有機的な人的結合によって偉大な業績をあげた例はきわめてすくなく、彼らの存在が歴史上にきわだつわけである。

アルフレッド・ローザス、フレデリック・ジャスパー、ウォリス・ウォーリック、ヴィットリオ・ディ・ベルティーニ、ファン・チューリン、ジョン・ドリンカー・コープらがその幕僚団で、全員が大将まで昇進した。現存しているのは、アルフレッド・ローザスだけである。

行動にしろ結果にしろ、アッシュビーは、劇的であることを好んだ。そして、演劇にたとえれば、彼は名優というより大スターであった。彼が参加した会戦は、まさにその事実によって、いずれも名会戦たりえたのである。

「まずブルース・アッシュビーがいて、つぎに戦いがあった」

この評は、アッシュビーが獰猛な好戦家であるような印象をあたえかねない恐れがある。彼は三五歳にして大将、自由惑星同盟宇宙艦隊司令長官となった生粋《きっすい》の職業軍人であったし、戦争にたいしてヤンのような懐疑をいだいていなかったことはたしかである。とはいえ、アッシュビーが公人として道徳的に劣悪であったとはいえない。

「アッシュビーは軍人としての義務をはたすにあたって、権利を行使するかのように積極的であり、闊達《かったつ》であった」

そう評したのは、アッシュビーの信任あつい幕僚であったアルフレッド・ローザス大将であった。彼が一〇年前に発表した回想録は、ノンフィクションの賞を獲得し、同盟軍史上、もっとも貴重な記録のひとつとされている。

ブルース・アッシュビーの名は、帝国軍にも当然、知れわたらずにいなかった。宇宙暦《SE》七四〇年は帝国暦四三一年にあたるが、その年の帝国軍務省の公式記録に、〝ブルース・アッシュビーなる叛徒どもの巨魁《きょかい》〟という表現が登場する。この時点で、アッシュビーの存在は、敵軍にとって無視できぬ大きさになっていたのだ。実績と、そして宣伝によって。

軍事的英雄がしばしばそうであるように、ブルース・アッシュビーにも稚気と客気《かっき》があった。帝国軍に勝利するつど、彼は敗敵にむかって打電し、みずからの勇戦を誇ったのである。

「お前たちをたたきのめした人物は、ブルース・アッシュビーだ。つぎにたたきのめす人物はブルース・アッシュビーだ。忘れずにいてもらおう」

むろん帝国軍は憤激した。

「生死は問わぬ。アッシュビーという叛将の首を皇帝陛下の御前にすえよ。この命令をかなえた者には、人臣《じんしん》として望みうるかぎりの名誉と富貴があたえられるであろうぞ」

軍務尚書《しょうしょ》ケルトリング元帥が、灰色の口ひげを慄《ふる》わせて列将を叱咤したという。元帥の長男ヘルマン、次男カール・ハインツ、ともに少壮の生命をアッシュビーとの戦いで失っており、アッシュビーにたいする元帥の憎悪は、個人的にも深刻をきわめたのである。

元帥の激語は列将をふるいたたせたが、意欲が結果に直結するのは、人生における最大の幸福である。元帥はなかなか幸福にめぐまれなかった。第二次ティアマト会戦にさきだち、ケルトリング元帥は軍務尚書在任のまま病床に倒れたが、見舞に訪れた甥のウィルヘルム・フォン・ミュッケンベルガー中将の手をにぎりしめ、

「アッシュビーを斃《たお》せ！」

とあえぐように二度くりかえしたあと、その姿勢のまま息をひきとったといわれている。壮絶とも妄執とも、にわかには判断しがたい話であるが、アッシュビーが必要以上の憎悪をあおったという印象は否定しえない。

ブルース・アッシュビーに欠点があるといったところで、彼を誹謗することにはならない。欠点のない人間など存在しないからである。といって、神話を打破するという目的を優先するあまり、欠点を誇張して美点を無視するのも、公平とはいえないだろう。

より正確と公平を期するためには、敵である銀河帝国軍の資料も調査したいものだ。フェザーン自治領《ラント》経由で、帝国軍の年鑑や人事録などが、あるていどは同盟軍の手にはいってはいる。ただし、帝国軍とフェザーンと同盟軍との手をくぐりぬける過程で、故意と無意識とによって、事実が変質する可能性はいくらでもある。ケルトリング元帥の逸話も、同盟では広く知られた話であるが、事実は、さて、どんなものであったろうか。

アッシュビーがみずからの存在をことさら敵に誇示したのは、子供っぽい虚栄心のほかに、まちがいなく心理戦をしかけた一面が存在するであろう。怒気や憎悪が理性を圧倒し、帝国軍の関心がアッシュビー個人に集中する。その結果、帝国軍の戦闘は、しばしば戦略的課題をな

いがしろにする傾向におちいり、アッシュビーの華麗な個人プレイに再三してやられる結果を生んだ。みごとな演出家ぶりというべきであろう。自分の才能を最大限に生かす、そのすべを心えていたようである。

つぎにアッシュビーの私生活にかんする資料を、ヤンは調べてみた。これが軍人としての戦歴にひけをとらぬあざやかさであった。

ブルース・アッシュビーは二度結婚している。二三歳のときと二九歳のとき。二度離婚している。二六歳のときと三〇歳のとき。独身のときにも、女気《おんなけ》が絶えることはなかった。いや、妻帯者であったときも、彼は〝おさかん〟であって、愛人や情人のたぐいは、自称他称をあわせて一個中隊の人数ではきかない。

「ずいぶんまめな人だったんだなあ」

ヤンの感心のしかたは、わずかに角度がずれていたかもしれない。ヤンは聖人君子ではないから、できれば女性にもてたいな、と思ってはいるが、そのために努力しようという意欲までは生じさせなかった。そんなエネルギーや時間があったら、本を読んでいるほうがよかったのだ。

いずれにしても、ブルース・アッシュビーは総天然色の異性関係を誇っている。この点、〝ダゴンの英雄〟リン・パオ元帥と似ているが、リン・パオのほうは法的には終生、独身であった。リン・パオと名コンビを謳《うた》われた（本人はそういわれるたびに本気で怒ったそうだが）

ユースフ・トパロウルの場合は、〝女嫌いだが男はもっと嫌い〟といわれる気むずかしい人であったから、無彩色にちかい人生であったらしい。もっとも、結婚はせぬまでも、交流のあった女性が存在したようで、幾通かの手紙が交換されている。愛だの恋だのといった用語は使われておらず、「悪性のインフルエンザで一〇〇万人が病床にあるそうだ。一〇〇万一人目にならぬように、気をつけること」とか、「私は気がつかない人間だから、気がつくことを期待されてはこまる。たりないものや不満があったら、はっきり口にすること」とか、一見そっけない字句が記されている。恋文というより、〝今週の努力目標〟という観があるが、そこがいかにもトパロウル元帥らしくも思える。

まったく人それぞれである。ヤンとしては、誰の模倣《まね》もできそうにはなかった。リン・パオの豪快さ、ブルース・アッシュビーの華麗さ、ユースフ・トパロウルの苦みばしった厳格さ。いずれも欠点とみれば欠点であろうし、魅力の源泉といえばそうであろう。さしあたり、そのうちのひとりについて、ヤンは調べなくてはならない。

こうしてヤン・ウェンリーは、アルフレッド・ローザス提督の家を訪問することになった。一〇月四日のことである。

# 第二章　過去へのささやかな旅

## Ⅰ

「一〇月は黄昏《たそがれ》の国。人と光は黄昏のなかを声もなく歩み去る」

そう謳った古い詩があるという。ヤン・ウェンリーが軍の大先輩であるアルフレッド・ローザス退役大将をその私邸に訪問したのは、中緯度地帯の落葉木群が、数億枚の葉に無音の舞踏を開始させようとする、まさにその寸前の時期であった。秋の旋律は、くすんだ黄金色の光にのって、ヤンの肩に降りつもってきた。肩をたたくと、透明な秋光のなかでワルツの音符が踊って、それはこころよい感覚であったが、〝恋人がいたらいいのになあ〟と、やや脈絡《みゃくらく》なく思ったのは、若い凡人としてはしぜんな感興であったろう。

ジェシカ・エドワーズのことを、ヤンは想いだした。ヤンと一歳ちがいだから、ちょうど二〇歳になったはずだ。やはり彼女は、ジャン・ロベール・ラップのほうが好きなのだろうなあ。明確に意思が表明されたわけではないが、なんとなくわかる。わかってしまうのだ。ふつう鈍感な人間でも、そういうことには非理性的な感覚が鋭敏にはたらくものらしい。そして、自然科学上の法則や公式は次代にうけつがれても、人間の情感とか情緒とかいうものは、ひとりひとりが自分の一生のうちで、理性と共存する方法を見いだすしかないのだろう。

それにしても妙なことになった。いまさらながら、ヤンは、自分が歩いている道の方角に奇異さを禁じえない。

「つぎに大規模な戦闘があるにしても、半年ぐらいはさきのことだ。それまでは英雄《ヒーロー》にむだ飯を食わせとくということさ」

そういったキャゼルヌは、ヤンの身辺からジャーナリズムの蚊群を追い払うのに、手段を講じてくれたらしい。無名性を回復することができて、ヤンはほっとした。祭りあげられた英雄から、名もない青二才に復帰するのは、予想していたよりもずっと楽な気分だった。英雄たることを望み、それにふさわしい業績をあげることをみずからにかすタイプの人間もいる。そういう人物はそれなりに偉大だとは思うが、ヤン自身は、もうすこし身軽で気楽な生きかたができればよいな、と思っているのだ。

アルフレッド・ローザス提督の私邸は、メープルヒル一七番地にあった。地名にふさわしく、楓《かえで》の古木が多い。紅葉にはまだいくらかの時間が必要であるらしかった。

ヤンを迎えたローザス提督は、今年七八歳のはずであるが、背筋もまっすぐで、品格ある紳士の印象をあたえる。言語も明晰であり、動作も迅速ではないが危うげなところがなかった。

ヤンを見るまなざしは、穏やかで理性と知性の深みを感じさせた。りっぱに生きてりっぱに老いた人間の模範が、ここには実在しているのだろうか。

　ポニーテールの髪型をした一七、八歳の少女が、玄関ホールの右手にある広い部屋にヤンを案内した。ヤンの名を確認すると、ローザスはゆっくりとうなずいた。

「訪ねていただいて光栄だ。私のように半分、世を捨てた者でも、エル・ファシルの英雄の名は知っている」

　ひたすらヤンは恐縮するばかりだった。虚名の重さが耐えがたいものに思われるのは、こういうときである。彼よりはるかに年長で、人格的にも成熟している人々の口から〝英雄〟という名詞が発せられるとき、それは見えざる針でヤンの羞恥心を突き刺すのである。

　ヤンの内心にかまうことなく、ローザス老人は、みずから淹《い》れた紅茶を、五七も年少の客人に勧めた。

「妻が死んで、その後ずっとひとりぐらしだったのでね。このていどのことは、べつにめんどうでもない」

　大将閣下が淹れてくださった紅茶は、ヤンの好みからいうと、やや濃すぎた。むろん、エル・ファシルの英雄は、そんなことで文句をつけようとは思わなかった。

　ヤンがとおされた部屋は、応接室というより図書室というべきであろう。ガラス扉のついたマホガニー製の書棚が四方の壁面を埋め、安楽椅子に腰を沈めると、心地よい静寂が俗世とのあいだに膜をつくってくれるように思えた。ヤンにとっては理想的な部屋といってよい。だが書斎だの図書室だの、そういった部屋がある邸宅だのは、一定以上の年齢の人にしか似あわないものだ。あと三〇年はたたないとだめだろうな、と思いつつ、ヤンは口をひらき、ブルース・アッシュビー元帥のことをお尋《き》きしたいのです、といった。

「そうか、アッシュビーが死んでもう四〇年以上になるのだな」

ローザス提督は、記憶を再確認するようにつぶやいた。一瞬、視線がさまよったのは、回想の方向をさだめかねたのであろうか。ヤンは話をせかせなかった。そんなやりかたは非礼であり、非効率でもあった。それに、じつをいうと、この部屋で沈黙のうちに時をすごすのは快適でもあった。ヤンがおとなしく待つうちに、アルフレッド・ローザス老人はわずかに姿勢を変え、淡々とした声で静寂をつらぬいた。

「アッシュビーの幕僚のなかで、私などより優秀な人物はいくらでもいた。ただ、私がこうして長生きしているので、口はばったいことを言わせてもらえるわけだ」

ローザス老提督は口をとざし、両眼もとざした。ふたたび一〇秒ほどの沈黙をおいて、音声化した追憶が老人の口から流れでた。

「フレデリック・ジャスパーも死んだ。〝男爵《バロン》〟ウォリス・ウォーリックも死んだ。ファン・チューリン、ベルティーニ、コープ……みんないなくなってしまったなあ」

非現実感の霞《かすみ》がヤンをとらえた。ジャスパー提督やウォーリック提督の名は、ヤンにとって歴史上の存在である。それらの名が、友人としてひとりの老人の口から語られるのを聞いていると、いながらにして時の大河を遡行《そこう》するかのような思いがするのだ。

「たがいに言いあったものさ。さきに死んだら、生き残った奴にどんな悪口を言われるか知れたものではない、だからなんとしても生き残ってやろう、と。よく言ったものだ、いい奴ほどさきに死ぬ、とはな」

ローザス提督は老いた顔に若々しい笑いをたたえた。彼の記憶と回想のなかでは、死者はなお生きて、彼に語りかけてくるのであろう。老いというもののもつ意味を、ほんとうに理解することは、二一歳のヤンには、まだ不可能である。とぼしい経験や知識によって、あるていどを推察するしかない。

「それで、閣下、きょううかがった用件ですが……」

かなりためらいつつ、ヤンは、目的の一端を部屋にすべりださせた。アッシュビー元帥にかんして、奇妙な噂があるのをご存じですか、と。

「神話があれば反神話が生まれる。当然のことだな。アッシュビーとおなじ時代にいた人間すべてが、彼を崇拝し、愛し、理解せねばならないという理由はどこにもない」

ローザス提督がかるく首をふると、時の微粒子が白髪の周囲から舞いあがったように思えた。

「アッシュビー提督は第二次ティアマト会戦で戦死なさいましたが、それが謀殺であると申したてた者がいるのです」

相手の反応を、ヤンはうかがったが、ローザスはおちつきはらっていた。狼狽《ろうばい》や怒気を発するような人ではないのだろう。ヤンとしても、容易に反応がえられるとは思っていない。

「軍部としては、アッシュビー提督の死にかんする不名誉な風聞《ふうぶん》を放置しておくわけにはいかないだろう。なるほど、それできみが老人のもとへ足をはこんできたわけか」

「閣下にはなにか心あたりがおありですか」

ヤンの質問にたいして、ローザス提督は、わずかに掌をうごかしてみせた。

「ない。たとえあっても、言うつもりはない。せっかく訪ねてきてくれたきみには申しわけないが」

老人の声に怒りや悪意はなかったが、見えざる鉄壁の存在を、ヤンは感じた。ローザスは、あいかわらず淡々とつづけた。

「私は神話がつくられるのに加担したがわの人間だ。不当にアッシュビーを過大評価したつもりはないが、自分自身の裡《うち》にあるアッシュビーの像をこわそうとも思わん。私に異をとなえることのできる者は、あの当時ならいくらでもいたろうが……」

「死人に口なしですか」

使い古されたことわざをヤンは口にだしてみた。うなずきがかえってきた。

「そのとおりだ。私がいまここでなにをしゃべっても、否定できる者はおらん。生き残った者の勝ちということだな」

ローザス提督は笑った。品格と慈味に富んだ笑顔に、この老軍人が積みかさねてきた人生の厚みが、わずかに感じられた。この老人を嫌うことは、ヤンにはできそうになかった。

「雑談でけっこうです。閣下がご存じのアッシュビー元帥や提督がたの人間像について、お話しいただけるでしょうか」

「あまり役にはたたんと思うが……」

そう前置きはしたが、故人を語りはじめた老提督の声には熱がこもっていた。

「アッシュビーは戦機を測るのが比類ないほど巧みだった。あれはもう天才というしかない」

一分早くても遅くても、作戦行動は瓦解《がかい》してしまう。そのような、何万分の一かの戦機を、アッシュビーは確実につかんだ。まさしく神技としかいえなかったという。

「勝利の女神というより時間の女神がアッシュビーには味方している。そう評する者もいた。私は、彼は戦略家ではなく戦術家だと思っているが、それにしてもこのうえなく壮大で華麗な戦術家であったな」

ローザスの評価は過大ではない。連戦して連勝したアッシュビーの武勲が、それを証明している。その否定しえぬ華麗さが、どのような微成分をふくんでいるか、それが問題となるのだった。

## Ⅱ

宇宙暦《SE》七四〇年代の前半、宇宙はブルース・アッシュビーを寵愛《ちょうあい》することははなはだしく、戦うつど勝利を手にいれた。銀河帝国の軍務尚書をして憤死させるほどに、その武勲は印象的なものであった。

ただ、ローザスが評したとおり、この軍事的天才は、戦術家であって戦略家ではなかった。あたえられた戦場で、これほど用兵に神技をしめす男はほかに存在しなかったが、それは極論すれば戦闘に勝ちつづけたというにとどまり、宇宙の歴史に変革の一石を投じたわけでは、まったくなかった。

「だからこそ、ダゴン会戦以来、帝国と同盟の関係には、まったく変化がないというわけなんだな」

これまで学んできた戦史を想いおこして、ヤンはうなずいたのだった。

ブルース・アッシュビーの時代、イゼルローン回廊にまだ巨大要塞は建設されていない。同盟側の出入口には、補給、索敵、通信などの機能をもつ二ダースほどの軍事基地が散在していた。最大の基地でも、要員としては四〇〇〇名をこえるものではなかった。

帝国が実際にイゼルローン要塞を建設するまで、同盟にも要塞建設の構想がなかったわけではない。ブルース・アッシュビー自身もその構想をいだき、初歩的ながら設計図を国防委員会に提出したことがある。ただ、彼自身は、大艦隊を指揮統率する魔力にとりつかれており、この設計図は艦隊戦力強化案が最高評議会で認められるのとひきかえに、廃棄されている。軍事は巨額の金銭《かね》を食う。どうせ費用がかかるなら、要塞より艦隊につかうべきだ、というのが、アッシュビーの用兵思想であったらしい。それはそれで、戦将の面目というものである。

自信と覇気をそなえた男だった。その圭角《けいかく》は、当然のことに、上官と衝突や摩擦をくりかえすことになった。ヤンとおなじ少佐の時代に、ある上官が彼に怒号をあびせたことがある。

「だいたい貴官は思いあがっとるぞ、いままでの勝利がすべて実力で運ではないと思っとるのか。自分には不可能なことがないとでもいうつもりか！」

怒り狂う上官を、アッシュビーは冷然として見返した。上官の呼吸が静まりかけたところへ、彼はさらに冷然と爆弾を投げつけた。

「むろん私にも不可能なことがありますよ。それはあなた以上の失敗をやってのけるということです」

こういう言いかたをされて怒らずにいられる人物は、きわめて広くて深い度量の所有者であろう。そして、そういう人物は、めったに存在しないものである。

アッシュビーは実力と実績によって、上官たちの嫌忌《けんき》をはねのけたわけだが、むろん彼を補佐した幕僚兼友人たちの存在も無視するわけにはいかない。いわゆる〝七三〇年マフィア〟は、水準以上の人材群によって構成されていたのである。

フレデリック・ジャスパーは、精悍で鋭敏で直線的な男だった。〝行進曲《マーチ》ジャスパー〟と呼ばれたのは、ダイナミズムに富んだその用兵ぶりにある。小気味のいい戦術家で、勝つときはまことにはでであった。負けるときもむろんはでで、この男にはKO以外の終わりかたというものがなかった。

「中途半端は、おれの主義じゃない」

彼の辞書に〝快勝〟はあっても〝辛勝〟はなく、〝惨敗〟はあっても〝惜敗〟はなかったのである。奇妙なジンクスを彼はもっていて、ふたつつづけて勝つと三度めはどういうわけかかならず負けた。彼の麾下《きか》に配属された将兵は、勝勝敗勝勝敗のパターンをおぼえていて、〝敗〟の順番にぶつかると、

「ちぇっ、ついてねえ、今度は負ける番だぜ」

と舌打ちし、遺言を書いたという。蒼白になって絶望し、脱走をはかる者もいたというから笑いごとではないはずだが、陽に灼《や》けた黒っぽい髪のジャスパーには、どこか兵士に好かれる奇妙な愛敬があったようだ。

〝男爵《バロン》〟という異名をもつウォリス・ウォーリックは、むろん貴族などではなく、民主共和政体における一市民であった。容姿にしろ言動にしろ、気障《きざ》で演技《しばい》がかっていたため、男爵と呼

ばれていたわけである。この異名には、〝どうがんばっても伯爵や公爵にはなれっこない。せいぜい男爵さ〟という揶揄がこめられていたのだが、当人は平然としてその異名を甘受し、自己紹介するときにも、ぬけぬけと〝バロン〟を姓名につけていた。

ウォーリックは、偉大とまではいえないにしろ、充分に有能と称しえるだけの指揮官で、アッシュビーの作戦行動に不可欠の人材であった。やや黄ばんだ紅葉色の髪と、同色の瞳をもった中背の伊達《だて》男で、女性たちは彼を好いたし、彼のほうもたいへん女性たちが好きだった。とくに若くて歯ならびの美しい女性が。

私人としてのウォーリックは、多芸な男で、奇術とカード占いとダンスの名人だったといわれている。ギターを弾き、トランペットを吹き、チェスをたしなみ、ダーツをやり、スキーをこなし、むろん恋もして、人生を多彩な花々で飾っていた。

「なにをやっても、一流の寸前までいけた男」

というのが、ローザス提督の評である。この評には、やや苦みをこめた好意があるように、ヤン・ウェンリーは感じている。多才多芸に甘んじて、真の一流に達するための執念に欠けた友人をおしんでいるようであった。

「おれはアッシュビーの下でいい。最高責任者になるなんて野暮《やぼ》なことさ。おれは、そうだな、いつも〝上手なアマチュア〟でいたいんだ」

ウォーリックは韜晦《とうかい》していたのだろうか。職業軍人として、プロの精華であったのに。いや、あったからこそ、あるいは苦い思いを冗談のオブラートにくるんで飲みこんだのかもしれない。ウォーリックは士官学校を卒業するとき次席だった。彼の前には、いつもアッシュビーがいたのだ。複雑な心理を浄化するために、冗談が必要だったのかもしれないのである。

ジョン・ドリンカー・コープのミドルネームは、〝飲んべえ〟という意味の異称ではなく、歴然たる実名である。人の世には、無意識の皮肉というものが存在するが、J・D・コープの名は、その顕著《けんちょ》な一例であろう。彼はアルコールにたいするアレルギー体質の所有者で、一滴の酒も飲めなかった。勝利の祝杯でさえ、アップルジュースであげた。一度、〝男爵《バロン》〟ウォリス・ウォーリックが悪戯っ気をだしてシャンペンのグラスとすりかえたところ、飲んだ直後に全身にジンマシンが出てひっくりかえり、大騒動になった。身からでた錆《さび》とはいえ、ウォーリックは、同盟軍史上ただひとり、ジンマシンを理由に始末書を書かされた提督となったのである。

コープもまた賞賛されるにたる戦術家であり、あたえられた戦術的課題をよくこなして、同盟軍の勝利に貢献した。とくに、逃げる敵を追撃して戦力を削《そ》ぐのが巧みだった。

ヴィットリオ・ディ・ベルティーニは、一般には、粗野な下士官型の前線軍人であるとみなされている。戦闘指揮は勇猛で、戦いぶりは献身的であり、破壊力はアッシュビーにすらまさった。

重量的なボクサーを思わせる体躯と、無数の小さな戦傷にいろどられた赤銅色の顔と、剛《こわ》い頰髯《ほおひげ》。このような容姿は、たしかに、粗野な猛将というイメージを強化させるものである。だが、日常的には、この男は気のやさしい人物だった。彼の半分ぐらいの大きさにしか見えない小柄な女性と結婚し、〝熊とリスの結婚だ〟とジャスパーにからかわれながら、にこにこしていた。熱帯魚を飼う趣味があって、愛魚に僚友たちの名をつけていたという説もあるが、その点にかんしては真偽があきらかではない。

ファン・チューリンの姓名は、ヤンと同じE式であって、ファンが姓である。その用兵は、天才を感じさせるものではなかったが、じつに手がたく、周密な計算と完璧にちかい準備にもとづいていた。大くずれするということがなく、全体の非勢のなかでただひとり戦線を維持して、ついには戦局全体の逆転をつくる契機をつくったことが、一度や二度ではない。

気むずかしく、かたくるしい性格で、冗談がとんで同席者が笑ったときでも、にこりともしなかったという。一度、なにを思ったか、他人から聞いたという艶笑譚を披露したことがある。なかなか傑作な話だったので、僚友たちは大笑したのだが、それがおさまったとき、語った当人が、

「いまの話は、どこがおもしろかったのだ」

そう真剣に問い、一同は返答に窮したそうな。部下にたいしても上官にたいしても、リップサービスをする男ではなかったから、人気はなかったが、あるいはアッシュビーは、このかたくるしい男を、もっとも信頼していたかもしれない。けっして好いてはいなかったが。

そして、アルフレッド・ローザスである。彼はアッシュビーのように雄大なほどの偉才にはめぐまれなかったが、幕僚たちの意見をたくみに調整し、強烈な個性のぶつかりあいに緩衝役をはたし、すぐれた組織力と課題処理能力によって、アッシュビーの司令部を統一的に運営することができた。それぞれにことなったタイプの才能が、集団として機能するには、生きた接着剤が必要なのであり、ローザスの存在意義は、まさにその点にあった。ローザスは、指揮官として単独行動したときには、〝平凡よりややまし〟というていどの成績をあげただけであるが、アッシュビーの司令部にあっては、全体の力量を強化し発揮するうえで、比類ない功績をあげたのである。

司令部の重鎮として、ローザスはアッシュビーの参謀長をつとめること六回、合計一〇年におよんでいる。宇宙暦《SE》七四五年三月にアッシュビーが宇宙艦隊司令長官に叙せられると、六月にはローザスは宇宙艦隊総参謀長に任じられた。〝また七三〇年マフィアが〟とささやかれる、やや強引な人事であったが、司令長官アッシュビー大将、総参謀長ローザス中将のコンビによって、同盟宇宙艦隊の作戦行動能力はいちじるしく高まり、いわば実績が批判の口を封じるかたちとなったのである。

## Ⅲ

沈着で公正なローザスは、公人としてだけにとどまらず、私人としても僚友たちからたよられた。大小さまざまなトラブルが彼のもとにもちこまれ、彼は苦笑しつつもそれを処理してやっていた。

苦笑ですまなかったのは、アッシュビーが最初の結婚を解消するからあいだに立ってくれるよう頼んできたときであった。

ローザスにしてみれば、アッシュビーの離婚の処理までおしつけられてはたまらない。アッシュビーのほうでは親友にたいして頭をさげて依頼しているつもりなのだが、依頼されたほうの心理的負担は、けっして小さなものではなかった。

「男女間のことに口をだす気はない。おれは女房だけでももてあましてるんだ。お前さんのほうが、経験も知識も多いだろうに」

冗談まじりに、だがはっきりと、ローザスは拒絶した。ひとつには、アッシュビーの夫人アデレードは、ローザスやほかの提督たちにとっても旧知の人で、彼らにしてみれば、〝アッシュビーも浮気はほどほどにしておけばいいのに。アデレードが笑っているうちはいいが、笑わなくなったらこわいぞ〟という気分であった。

浮気どころか、アッシュビーは、本気も本気であったわけだ。男性というものは、良き夫である人物もそうなのだが、結婚して家庭に束縛されるということに、原初的な違和感をおぼえる例が多いようだ。それにくわえて、アッシュビーは、通俗的な意味で女好きの家庭嫌いであったし、アデレードに拘束されたり内心を把握されたりすることに、しだいに耐えられなくなったようであった。

さんざん揉めたあげく、とうとうローザスはアッシュビー夫妻の離婚話にオブザーバー役をつとめさせられた。アデレード夫人は、冷静に、夫の心が自分から離れたことを認め、離婚をうけいれた。

「あなたはわたしのところに帰ってくるわ。あなたが帰ってくる場所は、わたしのところしかないのよ」

それが別離に際しての、アデレードの言葉だったという。戦場で臆病であったことは一度もないアッシュビーが、うそ寒そうな表情を隠しきれなかった。

ローザス提督はヤンにむかって回想してみせた。

「私も正直こわかったね。なんというか、俗ないいかたで気がひけるが、女性を怒らせるものではない、と、しみじみ思ったものだ」

そういうものか、と思いつつ、ヤンは、べつのことを尋ねた。

「アデレード夫人にご同情なさいましたか、閣下」

「一方的にアッシュビーの味方をする気にはなれなかったね」

慎重な、それが返答だった。どうも役者がちがうな、と、ヤンは感じさせられる。

「アデレードも気が強い女《ひと》で、欠点もあったが、それはアッシュビーだっておたがいさまだった。なによりも、アデレードは夫を愛していた。これはほかの友人たちもおなじ考えだったよ。口でどうこういいながらも、アデレードがきれいに身を退《ひ》いたので、よけいに私たちはそう思ったものだ」

アッシュビーに九年ほど遅れて、ローザスも妻と別れた。死別である。出征前に、彼の妻は病床にあった。別れがたいようすの妻を、幼児でもあつかうようにローザスはなだめて戦場へおもむき、そして帰ってきて、自分がなにを失ったかを知ったのだ。

ローザスは妻の臨終に立ちあうことができなかった。そのショックは尾を曳《ひ》いた。ローザス自身が意外さを禁じえなかったほど、彼はうちのめされ、精神的なスタミナを蝕《むしば》まれた。彼はぼんやりと部屋にすわりこみ、過去の全人生で生産した数に匹敵するほど、酒の空瓶を生産しつづけた。

心配したジャスパーやウォーリックが休養をすすめた。集中心と持久力に欠ける高級士官の存在は、なによりも前線の兵士にとって迷惑である。それをローザスは自覚していたので、友人たちの忠告をいれて休養を決意した。彼から休養の申しでをうけたとき、アッシュビーは眉をひそめた。

「今年のうちに、帝国軍とどうやら大きな会戦がありそうなのだ。お前さんが司令部を運営してくれないと、おれとしても同盟軍としても大いにこまる」

「申しわけないが、気力がつづきそうにないのだ。かえって迷惑をかけることにもなりかねんし、このさい休ませてくれ」

アッシュビーはくりかえし翻意をうながしたが、ローザスは〝休ませてくれ〟の一点ばりで、ついに休職の要求をおしとおした。だが、けっきょく、一カ月で復職する。精神的な喪失感を埋めるには職務に精励するしかない、と悟ったのだ。そして、その三カ月後には、ブルース・アッシュビーは最後の戦いにのぞむことになる。


即効性のある新事実に出会うことはできなかったが、再訪を約して、ヤンはローザス邸を辞した。邸宅の老主人とは玄関で別れたが、最初にヤンを図書室に案内してくれた一七、八歳のポニーテールの少女が、門までついてきた。開いた門を閉じなければならないからだ、とわかっていたので、ヤンは無用にうぬぼれなかった。門扉《もんぴ》に手をかけた少女が、ふと表情をあらためて尋ねた。

「ブルース・アッシュビーのことを調査してるの？」

「ええ、そんなところです。ローザス提督の親友だったんでしょう、彼は」

「ブルース・アッシュビーが祖父の親友ですって？　冗談じゃないわ、あの男は、わたしの祖父の武勲を偸《ぬす》んだのよ！」

　黙然として見返すヤンの顔を、少女はにらみつけた。目もとや鼻すじに、アルフレッド・ローザスの遺伝的な形質が、わずかにあらわれている。

「盗賊にもさまざまな種類があるわ。なかには国を偸む者もいれば、他人の妻を偸む者もいる。そのなかで最低の奴は、他人の功績を偸む奴よ。そう思わない？」

「賛成です、一般論としては」

　ヤンの返答は、少女を満足させなかった。両眼に、夏の陽のような光をたたえて、ローザス家の三代めの少女は、軟弱そうな青年士官をにらみつけた。これはなかなか対抗しがたいな、とヤンは品さだめしてしまった。

「アッシュビー提督は、あなたの非難に反論することができませんよね。ですから、その、私はなるべく、小さな声を拾い集めておきたいんですが……」

「ずいぶんと、おためごかしの口をきく癖があるのね、あなたは」

「すみません」

　ヤンは赤面した。その態度が、少女の表情をやわらげさせた。

「べつにあやまることはないわ。わたしが酷いことを言ってるんだから、あなたは鼻で笑ってればいいのよ。無責任な意見にいちいち耳をかたむけてたら、脳細胞が破裂しちゃうわよ」

「気をつけることにします」

「変わった人ね、あなた」

率直な評価で、反論のしようがなかった。

「で、あなたのおっしゃることには、根拠がおありですか」

どうせ変人と思われているならかまわないと思って、そう尋ねた。少女はふたたび表情を硬化させた。

「さあね。仕事なんでしょ、自分で調べたらいかが、憲兵《MP》さん」

きつい皮肉を残して、門扉は閉ざされ、孤独な憲兵さんはローザス邸をあとにした。せめて〝探偵さん〟と呼んでくれたらなあ、と、不毛なことを考えながら。

Ⅳ

部屋にはいってくると、アレックス・キャゼルヌは、デスクでぼやっとしている後輩に声をかけた。

「どうだ、なにかわかったか」

「有益なことはなにひとつ」

不機嫌にヤンは答えた。昼食のフィッシュ・アンド・チップスは半分ちかく残っている。ミルクティーは三杯めである。頭と胃と、どちらがさきなのか判断しがたいが、どちらもすっきりしない。

手にしたファイルを壁の棚にかえすと、キャゼルヌは後輩の貧弱なランチをあきれたようにながめた。

「食欲がなさそうだな。体力をつけてがんばってくれよ」

「体力ばかりついても、しようがないんですよ。脳細胞が活性化しないとね」

「お前さんの脳細胞は、目がさめているときは、けっこう活発だと思っていたがね」

「めったに目ざめないんです」

「ということを口実になまけられると思ったら大まちがいだ」

三手先を読んだように、キャゼルヌは皮肉った。ヤンは黒ベレーをぬぎ、片手で頭髪をかきまわした。どうにも、歴史をさぐる、という知的興奮をさそわれない作業なのである。

自由惑星同盟《フリー・プラネッツ》は、歴史を尊重し、先人の業績を重視する。過去どのような国もそうであった。偉人の美談は、政権担当者によって増幅され、国家意識の涵養《かんよう》に利用される。〝祖国の偉大な歴史を学び、国民としての自覚を高めよう！〟という声は、しばしば、公僕としての自覚をもたない権力者やその属僚たちの口から発せられる。こういう連中は、〝現実に目をむけよう〟とは、なかなか言わないものだ。彼らに必要なものは、自分たちにとってつごうのよい教訓話だけであって、事実でも学問的真実でもない。

「アッシュビー提督について、無名の兵士たちの肉声を聞いてみたらどうなるでしょうね」

「そりゃ批判の声も多いだろうよ。だが、一将、功なって、万骨《ばんこつ》枯る。人間社会では永遠の真理だ。アッシュビー提督だけを責めるわけにはいかない」

「責める気はありませんよ」

私はそんなにえらくありませんからね、とは、ヤンは口にしなかった。不本意であるにせよ、軍人になったからには軍人の業《カルマ》について考える。しかたないのかもしれない、と思う。

だが、〝しかたない〟と言ってしまえば、そこで思考停止である。万骨が自分たちの犠牲をどうとらえるか、自分たちの死が意義と意味をもつものであると、死者たちは信じることができるであろうか。死者に去られた遺族たちは、万骨の上に佇立《ちょりつ》する一将の姿を見て、その現実を納得することができるであろうか。もし納得させることができる人物がいるとしたら、その人物を名将と呼ぶのだろうか。だが、こういう場合、〝納得〟とは〝錯覚〟ないし〝欺瞞《ぎまん》〟と同義語なのではないのかなあ。考えこむヤンを見やって、キャゼルヌが笑いかけた。

「むりに結論をだす必要はないぞ。結論が出ても、それが公表されるとはかぎらないんだからな」

「じゃ私はなんのためになにをやっているんですか」

「人生勉強さ」

言ってから、キャゼルヌは、自分自身の冗談のセンスに失望したような表情をした。ひとりでなにやらつぶやきながらデスクにつく。ヤンのデスクとは似ても似つかぬ整然たるデスクは、キャゼルヌの事務処理能力にとっては文字どおり最前線であるにちがいない。

「とにかくだな、そんな貧しい食事をして、倒れられでもした日には、おれの管理能力が問われる。いずれ、人なみの食事をさせてやるから楽しみにしてろ」

「ありがとうございます。でも罰あたりなことをいうようですが、格式の高いレストランだと、かえって窮屈で、食事が咽喉をとおりませんが」

「貧乏性な奴だな。よけいな心配せんでいい。ありきたりの家庭料理だ」

「そうですか、では遠慮なく」

答えてから気づいた。家庭料理とかいったが、キャゼルヌ中佐は独身ではなかったろうか。その考えが、さらにもうひとつの記憶を呼びおこした。花の独身エリート士官アレックス・キャゼルヌ中佐どのは、ただいま恋愛中で、お相手は上官の娘だというのである。つれづれなるままに、であったが、ふとヤンは悪戯《いたずら》っ気をだした。

「中佐のお相手はなんの料理が得意でいらっしゃるんですか」

「オルタンスにできない料理はないよ」

うっかりそう答えてから、後輩の罠に気づいて、キャゼルヌは舌打ちした。

「策士め、そういうことをしていると、料理のうまい女房をもらいそこねるぞ」

「料理なんかへたでいいですよ。来てくれるならね。ところで……」

ヤンは話題を変えた。そもそも今回の件で発端となった投書の差出人について尋ねたのである。キャゼルヌは口をにごしていたが、アッシュビーと不本意な離別をしいられた夫人のしわざということはないだろうか。そこまでヤンが口にすると、しかたなさそうにキャゼルヌはうなずいた。

「お前さんの脳細胞は、そうなまけ者でもないいな。いいところを突いている。ブルース・アッシュビーには、周知のとおりふたりの夫人がいた。むろん重婚じゃないが、その二番めの夫人がルシンダといって……」

投書の差出人は、ルシンダ・アッシュビーとなっていた、というのである。離婚後も、夫人は、社会的にはアッシュビーの姓を称しており、その件でブルース・アッシュビーとのあいだに険悪なものが存在したらしい。

「その夫人が、夫の死について疑義を提出したというわけですか」

「ところが二番めの夫人、ルシンダは九年前に亡くなっているんだ。享年五九。死因は睡眠薬の服用量をあやまって、となっている」

「霊界で現世《げんせ》への投書が流行していないとすれば、誰か生きている人間が夫人の名をかたっていることになりますね」

「ルシンダ夫人が投書の主でないということは、調べればすぐにわかることだ。それを知らなかったのか……」

「知っていて故意に死者の名を使ったのか」

考えれば、いろいろと興味深い点が出てくる。とはいっても、ヤン自身、この件にたいするスタンスが明確ではなかった。キャゼルヌをつうじて指示する軍首脳部にとっても、おそらくそうであろう。なにも深刻なことはない、適当に時間をつぶしていて大過ないはずであった。〝憲兵《MP》さん〟と呼ばれた記憶がここでよみがえり、ヤンは自分の立場にたいして苦笑するしかない。


ヤン・ウェンリーが亡き両親の墓に詣《もうで》るには、片道二時間の陸路を往復する必要があった。首都ハイネセンの中心市街から北へ一五〇キロの丘陵地帯は、ヤンの住居があるフローレンス街にくらべ、一週間ほど季節の推移が早いようである。サンテレーゼ公共墓地は周囲の林地や草地をふくめ、一日がかりのハイキングの名所とされていた。ヤンは半年ごとに一度は墓参するようにしている。まあこのていどは子としての義務だと思っている。それ以上ふやさないのは、実際、宇宙に出ていると墓参の機会にめぐまれないからであるが、生前、父親に言われたからでもある。

「墓に来るのは死んでからでいいんだ。せっかく安眠している人のじゃまをするんじゃない」

そう父は言ったのだ。もっとも、死後もそう思いつづけているとはかぎらない。

〃もっとまめに墓参りに来んかい、親不孝者めが〃と思っているかもしれないが、まあそれは夢枕に立たれてから考えるとしよう。

墓の掃除を終えると、ヤンは、あらためて、白亜の墓石をながめやった。

「ヤン・タイロン、宇宙暦《SE》七三一年九月二八日――七八三年三月二七日。カトリーヌ・R《ルクレール》・ヤン、宇宙暦《SE》七三九年五月一〇日――七七二年六月三〇日。善良にして愛情あつき夫婦であったことを万人が知る」

最後の評語は、ありふれた決まり文句であるが、事実にそう相違しているわけではない。ヤンは五歳で母を失い、一六歳で父に死別した。息子の目から見ても父親は変人だったが、変人なりに息子にたいして愛情らしきものはいだいていたようである。たとえ幼い息子を床にすわらせて壺など磨かせていたとしても、である。母親の記憶は、それほど具体的な印象にむすびつかない。ただ、温かく、優しく、たとえれば陽光をたっぷり吸いこんだ蒲団の上をころがりまわるような、そんな感触をあたえてくれた。その感触が、今日のヤンの昼寝好きを育《はぐく》んだわけでもないであろうが。

「まあなんとかやっているから心配しないでくれよ、父さん、母さん……」

このあいさつは、じつのところ毎回のことである。もっと気のきいた、景気のよいあいさつができればよいのだが、あまり表現に凝《こ》ってもしかたなかろう。たしかに少佐に昇進はしたが、両親にむかって胸を張るようなこととも思えない。父親は独立独歩の商人であったのに、息子のほうは階級社会の宮づかえ。不肖の子といわれても弁解しようがないのだった。まして、〝憲兵《MP》さん〟と皮肉られるような任務についているのだ。

「ひとつ狂うと、すべてが狂うなあ」

エル・ファシル以来の、それがヤンにとって主潮となる感懐であった。本来、ブルース・アッシュビー元帥の人生を再発掘するのは、歴史家志望者にとって貴重な作業であるはずだ。だが、それを上から命じられ、しかもその原因がかなりあやふやであることは、ヤンの学徒としての熱意に水を差すことになった。

……ヤンのいる現時点から四三年をさかのぼった宇宙暦《SE》七四五年一二月、帝国暦四三六年、〝第二次ティアマト会戦〟が開始されることになる。何百万人かの参加者にとって、それは忘れえぬ戦いとなった。

# 第三章　第二次ティアマト会戦記

## I

宇宙暦《SE》七四五年、帝国暦四三六年の一二月四日。人類社会における二大軍事勢力は、ティアマト星域に大兵力を展開させた。無限につづくかと思われる、生命と物資の消耗。その長い長い流血劇のなかでも、名高い存在である一幕が開始されようとしていた。

〝第二次ティアマト会戦〟の高名さの一因は、その非合理性にあるとされる。つまり、勝者の行動がしばしば戦理《せんり》に背馳《はいち》し、その勝因を説明するのに軍事学者が困難をおぼえるのである。けっきょくのところ、勝因は、勝利をえた司令官の特異な指揮能力、個人的な資質に帰せられがちであるのだ。それだけに、ブルース・アッシュビーの天才性と劇的な生涯とが、大きくクローズアップされる結果につながった。彼の天才性を強調しておけば、さしあたり、説得力をもたせることができる。

この会戦にのぞんだ同盟軍の高級指揮官は、つぎのような面々であった。

宇宙艦隊司令長官　アッシュビー大将
総参謀長　ローザス中将
第四艦隊司令官　ジャスパー中将
第五艦隊司令官　ウォーリック中将
第八艦隊司令官　ファン中将
第九艦隊司令官　ベルティーニ中将
第一一艦隊司令官　コープ中将
後方勤務部長　キングストン中将

この陣容は、当時の同盟軍が望みうる最高のものであったが、それでもなおかつ、批判の声をまぬがれることはできなかった。

「これは会戦ではない。七三〇年マフィアの私的な軍事ピクニックだ。多くの兵を害《そこ》ねて、彼らが武勲を誇るだけではないか。国家のなかに軍部が存在し、さらにそのなかに私的集団があるのでは、軍閥化のおそれがあるぞ」

だがその声は大きくはなく、アッシュビーには無視されてしまった。

「この戦いに勝って、つぎは元帥だ。だが、そうすると、おれにはのぼるべき階段がなくなるな。リン・パオやトパロウルの轍《てつ》を踏まぬようにしたいものだ」

〝ダゴンの英雄〟であるリン・パオとユースフ・トパロウルは、元帥昇進後、一年ほどで退役している。軍部に居場所がなくなったのである。彼らは政界に転進する意思もなく、一年ほどの年金生活ののち、教育や傷病兵福祉方面の仕事についた。名誉職以外に、彼らはえることができなかった。その点を指して、アッシュビーは放言したのである。

もっとも、〝七三〇年マフィア〟が軍閥化するという不安は、無用なものであったかもしれない。共通の権力欲によって結ばれる、という関係では、彼らはなかったからである。

〝リン・パオやユースフ・トパロウルのようにはなりたくない〟というアッシュビーの放言は、同盟の政治家たちをぎくりとさせた。彼の放言を、権力にたいする野心の表明とみなしたのだが、それは先人の功績が正当に酬《むく》われなかったことを批判しただけのことかもしれない。才能と実績、それに自負心とがなせる業《わざ》であろうが、アッシュビーは、意図的な発言で問題提起をしてみせることが再三であった。

政治家たちの心配が杞憂《きゆう》であるいまひとつの理由は、第二次ティアマト会戦の直前、〝七三〇年マフィア〟の内部に、激しい対立が生じていたからである。

それまでも、罪のない揶揄や毒舌の応酬は、めずらしいことではなかった。陽気な対立は、同盟軍の司令部をむしろ活性化させ、その活力の泡がはじけて、多くの戦術案を生み、勝利に貢献した。ブルース・アッシュビーは天才的用兵家であるとともに、能力と活力に富んだ司令部の中枢であったのだ。

ところが、この会戦に際して、アッシュビーは奇妙に高圧的であり、みずからの作戦について説明不足であった。とにかくおれのいうとおりにしろ、という態度をおしとおそうとした。

これにたいし、猛然と異議をとなえたのは、ジョン・ドリンカー・コープ中将である。黙々として自分の責務をはたす型の人物であると思われていた彼が、はじめてアッシュビーにさからったのだ。彼もこれまでの一五年間で、内攻していたものがあったのかもしれない。とげとげしい応酬のすえに、席を立ったコープは、会議室を出ていきしなに、こう吐きすてた。

「あんたは変わったな、アッシュビー。それとも最初からそうで、おれのほうに見る目がなかったのか」

これほど痛烈な捨て台詞は、世にありふれたものではなかった。アッシュビーは顔じゅうに怒気をみなぎらせたが、コープを呼びとめはしなかった。腕をくんで僚友の背をにらみつけているだけであった。

その間、偉丈夫ベルティーニは、仲裁もせず、陰気に沈黙をつづけていた。

ベルティーニの出征直前、彼の家に飼われていた熱帯魚が全滅してしまったのである。水温調節システムの故障で、水槽が熱湯のバスタブになってしまったのだ。これはベルティーニ夫人の不注意が主原因であって、ショックをうけたベルティーニは、結婚してはじめてのことをしてしまった。大声で妻を難詰《なんきつ》し、泣き声を背に家を出てしまったのである。

二時間後には、ベルティーニは、自分のおこないが狭量の所産であったと自覚し、悔やんでいたが、そのときすでに彼は惑星ハイネセンを離れつつあったので、妻との和解を後日に延ばすしかなかった。

ささやかなトラブルが、豪快で野性的な大男の心理に棘《とげ》を残していた。ベルティーニに予言能力があったという証拠はないが、縁起をかつぐ一面はあったのかもしれない。とにかく魁偉《かいい》な大男がむっつりと黙りこんでいては、兵士たちはうっとうしくてたまらなかった。

「これで帝国軍に勝てるのか？　提督連中が、あんな不景気な面《つら》をしているのは、見たこともない」

不安げにそう語る兵士もいれば、反論する仲間もいる。同盟軍内部の言論は、帝国軍にくらべれば、まだ自由であった。

「だけど、今度の戦いは、行進曲《マーチ》ジャスパーのジンクスからいけば勝利の順番のはずだぜ」

「行進曲《マーチ》ジャスパーだけで指揮をとるわけじゃなかろうが。ほかの提督連中がへまをすれば、全体としては負けてしまうさ」

「アッシュビー大将が総司令官だ。たぶん大丈夫だろう。あの人は天才だそうだからな」

「むこうに、もっと上の天才がいたらどうする？」

「どうするって、おれが尋《き》かれる筋合じゃねえや。提督たちに尋けよ！」

〝必勝の信念〟とはよくもちいられる言葉で、補給や情報よりもそれが重要だと主張する者もいる。だが、〝第二次ティアマト会戦〟に際して、それはなんら積極的な意味をもたなかった。同盟の内部には、〝これで勝てば七三〇年マフィアは軍閥化して手におえなくなる〟という声がたしかにあったし、出征した兵士たちにしても、戦うべき意義や勝つべき意味を、なかなか見いだしえずにいた。ルドルフ・フォン・ゴールデンバウムがきずいた邪悪な専制国家と戦い、宇宙の平和と正義を守るのだ。そう言われて戦うこと一〇〇年におよんでいる。そうそう、たゆまぬ情熱をもって殺しあいつづけるわけにはいかなかったのだ。

いっぽう、帝国軍である。第二次ティアマト会戦に参加した総兵力は六三〇万ないし六五〇万、艦艇数は五万五〇〇〇ないし五万六〇〇〇隻。同盟軍の資料によるため、その数量は推計によるしかないが、正確度はきわめて高い。総司令官は宇宙艦隊司令長官ツィーテン元帥であり、敵の司令官よりちょうど二〇歳の年長であった。これまでは大過なく高級士官としての任をはたしてきている。作戦構想力もあるが、やや柔軟性を欠くかもしれない。さらにこの出征軍には、ミュッケンベルガー中将がいる。彼は部下たちに熱烈に訓辞して、こう結んだ。

「賊将アッシュビーの首をとり、軍務尚書の無念を晴らしてさしあげるのだ。卿《けい》ら、けっして生命をおしむなよ」

ミュッケンベルガー中将は、けっして無能な軍人ではなく、勇気においても用兵能力においても水準以上の人材とされていた。ただ、このとき、理性や公的責任感よりも、個人レベルの復讐心が先行していたことは事実である。そして、そのような感情、個人的な事情の優先は、〝ダゴン会戦〟における帝国軍総司令官ヘルベルト大公以来、帝国軍の宿痾《しゅくあ》ともいうべき通弊《つうへい》であったようだ。

「帝国軍の高級士官は、戦場を、個人的な武勲のたてどころとしか考えていない。したがって、同僚との協調性にとぼしく、兵士にたいする愛情も薄い。憂慮すべきである」

帝国軍の欠陥について、そう苦言をていしたことのあるハウザー・フォン・シュタイエルマルク中将は、ミュッケンベルガーの訓辞に批判的であった。

「あれではまるで私戦を煽動するようなものではないか。アッシュビーとやらいう賊将ひとりを斃してそれでよしとするのでは、帝国軍が鼎《かなえ》の軽重を問われることになるぞ」

……以上の諸条件を要するに、両軍ともかなり内部意思の統一を欠いていたわけである。それでも相対的にみて、同盟軍のほうが、まだしもましであった。アッシュビーたちが敗れれば、自由惑星同盟《フリー・プラネッツ》は、〝裸で狼群のなかに放りだされる〟のだ。これは〝ダゴン星域会戦〟以来、同盟にとってつねに一貫した境遇と認識であり、この〝防衛戦争〟観が、数的劣勢をおぎなってきたという事実は、否定できないであろう。

Ⅱ

一二月五日九時五〇分。第二次ティアマト会戦の最初の砲火が、白熱したエネルギーの豪雨を宇宙空間に降りそそぎはじめた。双方にとって最初の斉射は、距離が遠かったため実質的な破壊効果はなく、いわばそれは開戦のセレモニーにとどまった。第二斉射から砲火は効力を発揮して、両軍の陣形の各処に光の花が咲き、放出されたエネルギーの波が艦艇を揺動させる。

「前進！　敵の中央と右翼のあいだを突破せよ」

アッシュビーの指示は、あらかじめ伝達されており、信号によってそれが再確認される。この指示によってうごきだしたのは、ベルティーニの第九艦隊と、コープの第一一艦隊である。ベルティーニは不安を、コープは不満を、それぞれいだきながらも、一万隻前後の麾下艦隊を統率して急進し、帝国軍に肉薄する。その状況を知った帝国軍は、急接近する敵に砲火を集中させようとするが、そうなると、同盟軍主力の砲火にたいする応射能力が減殺《げんさい》される。このあたりの戦力的なバランス、戦術的な駆け引きは、きわめて微妙なところだ。

同盟軍第一一艦隊、つまりコープ中将の部隊は、隊列を乱さずに帝国軍の砲列まで達した唯一の部隊だった。これはコープの指揮能力の高さをしめすものではあったが、ベルティーニのほうは不運にも前側面から帝国軍の砲火を集中され、前進速度がにぶった。第九艦隊がより大きく犠牲をひきうけてくれたために、コープは快速前進をはたせたのだが、連係の時差《タイムラグ》のため、なかば孤軍となって、帝国軍の砲火を正面からたたきつけられることになる。

「第一一艦隊は酔っぱらい集団《ドリンカーズ》になってしまったぞ。頭から水をぶっかけて、酔いをさましてやれ」

第五艦隊に命じて、ブルース・アッシュビーは援護させた。コープとのあいだに気まずい感情がわだかまっていたとはいえ、それを理由に総司令官としての責任を放りだすほど、アッシュビーは未熟な人間ではない。

ブルース・アッシュビーは戦術家であって、戦場以外の場所にたいする視野を欠いていたことは、どうやら事実である。だが、戦場においては、まさに天才であった。けっして凡人が模《ま》倣《ね》してはならないタイプの、危険な天才であったといえるだろう。

「あれほどのすくない情報量からどうやってあの判断をえることができたのか」

と、後世の戦史家が戦慄するほどの、異常な洞察力を発揮して、彼は帝国軍の基本戦術を看破し、敵より少数の兵力を運用して、それを完全に撃滅しようとしていたのである。

「おれを信じて指示にしたがっていればよい。おれの判断が正しいのだから、ことなる意見など必要ない」

それがアッシュビーの考えで、それがコープとのあいだに隙《げき》を生じる原因にもなったのだが、それはともかく、帝国軍の繞《じょう》回《かい》運動を完全に読みとったアッシュビーは、常識はずれの兵力移動をおこなって、敵だけでなく味方をもおどろかせることになる。

一二月六日一四時三〇分、この会戦においてはじめて将官の戦死者が出た。帝国軍のミュッケンベルガー中将が、旗艦を突出させたとき、コープ中将ひきいる同盟軍第一一艦隊から集中砲火をあびたのだ。

砲弾は戦艦クーアマルクの巨体を前後ふたつに引き裂いた。金属とセラミック、樹脂とガラス、そして人体が、奔騰するエネルギーの波濤《はとう》にまきこまれ、極彩色の雲となって宇宙空間に飛散した。叔父の復讐をとげることなく、ミュッケンベルガー中将の肉体と精神も雲の一部と化したのである。

ちなみに、ミュッケンベルガー中将には、グレゴールという当時七歳の息子がいた。長じてやはり軍人となり、帝国軍の顕職《けんしょく》に就《つ》くが、それは代々の武門の血とともに、父の戦死による心理的な影響を否定できないであろう。

ミュッケンベルガーの戦死は、その艦隊の統一行動をそこね、その間隙につけこむかたちで、コープは四・二光秒の距離を後退して、味方との連係を回復する。ここで同盟軍は積極攻勢に出る誘惑にかられ、〝男爵《バロン》〟ウォリス・ウォーリックが急進して帝国軍の左前方へ突出した。半円を描きつつ、その一角をたたいて艦列を分断しようというのである。

構想は正しかったが、相対的な状況が彼に味方しなかった。つまり、ウォーリックが二時方向へ半円を描きつつ高速前進をはじめると、急突出した帝国軍の別部隊がこれまた円運動の結果、八時方向からの攻撃をかけてきたのである。

結果として、同盟軍は完全に帝国軍の側背攻撃を成功させてやるかたちとなった。第五艦隊は、〝背中から胸へと槍を突き刺され、その槍をえぐりまわされて傷口をひろげられる〟というありさまとなった。この絶妙な攻撃は、少壮の戦術家として知られる帝国軍中将ハウザー・フォン・シュタイエルマルクによるものであった。

アレクサンドル・ビュコックという、当時一九歳の砲術下士官が語った体験記が、同盟軍の公戦史に収録されている。

「悪夢のなかで怪物に追われている、そういう感じだった。私は戦艦シャー・アッバスのB〇四砲塔にいて、戦闘の前半でウラン238砲弾を撃ちつくしてしまい、後半を無力な傍観者としてすごした。前方のスクリーンで光と闇が踊りまわっていた。熱量計の針が一瞬の休みもなく左右にうごきまわり、すぐちかくで爆発がおこっていることがわかる。私はシートのなかでブラスターをいじくりまわしながら、つぎの戦闘のときにはもうすこし有効に砲弾を使おうと思っていた。ただし、つぎの戦闘というものが私のうえにおとずれるとは、むろん保証のかぎりではなかった」

このとき、銀河帝国軍のシュタイエルマルク中将は、戦況全体の分析研究によって、同盟軍の戦線に特異な点を発見していた。

様相は、やや複雑であった。つまり、帝国軍は、全戦力をほぼ二分し、いっぽうの大規模な繞回運動によって敵の背後を遮断し、包囲殲滅《せんめつ》するという計画であった。それにたいし、叛乱軍、すなわち同盟軍のことであるが、配置と移動を解析するに、その繞回運動を見ぬき、側背攻撃をかけるために主力を温存しているとしか思えないという状況である。慄然としたシュタイエルマルクは、いそいで作製した報告書をシャトルで総司令部へ送った。敵の傍受を懸念しての処置であったが、このシャトルが皮肉にも味方の大破した巡航艦に衝突してしまい、報告書は総司令官ツィーテン元帥の手にとどかずに終わるのである。

# Ⅲ

一二月七日一八時の時点になると、同盟軍宇宙艦隊司令部の内部分裂は、不可避の、きわめて深刻なものとなっていた。最高幹部たちの自制心は、細い糸の上でかろうじて片足立ちしていた。作戦会議に顔をだしても、もはやコープは口のかたちを一次元世界から移動させようとはしなかったし、アッシュビーのほうも造反した旧友を無視していた。アッシュビーの態度に立腹したのは、コープだけではない。

「もうブルースひとりに武勲を独占させるのには飽きた。おれたちだって、花束のなかからバラの一本ぐらい分けてもらう資格があるはずだ」

苦戦の連続で感情が激したあまり、〝男爵《バロン》〟ウォリス・ウォーリックは、そのようなことまで口にした。

「最高司令官だけで戦争ができるか。奴ひとりで帝国軍を全員なぐりたおしてみるがいい」

〝七三〇年マフィア〟の面々は、軍人として有為かつ有能であり、人間としても、けっして劣悪ではなかった。高潔と称されるにたる人物もいた。だが、あるいは集団としての生命力が、誰も気づきえぬうちに衰弱していたのかもしれない。第二次ティアマト会戦に際して、これまで厚い友誼《ゆうぎ》と協調性にみちていた少壮気鋭の提督たちが、我《が》を張り、必要以上に対立意識をかかえこんでいるありさまがうかがえるのである。

第八艦隊司令官ファン・チューリンは、麾下の戦力から三〇〇〇隻を割《さ》いて総司令官直属にうつすよう、ブルース・アッシュビーから命令されると、非礼なほどまじまじと総司令官の顔を見つめた。

「むりですな」

ファン・チューリンの返答は、〝にべもない〟と〝そっけない〟をまぜあわせて、〝冷然〟という薬味をふりかけたものだった。人の耳には、いささか苦すぎた。その苦みを、アッシュビーは表情全体にひろげて問うた。

「なぜだ。なぜむりなんだ？」

「ご自分でおわかりのことを他人に尋かないでいただきたい。ここで三〇〇〇隻も供出しては、わが艦隊の前線が維持できません」

「三〇〇〇隻がないと、全軍が崩壊するのだ。そうなったとき、貴官が責任をとるか⁉」

「責任をとるとらぬはべつとして、そのような要求をなさる理由をうかがいたい」

「説明しなきゃわからんのか。お前とはいったい何年のつきあいだ⁉」

短いが激しい応酬のすえ、ファン・チューリンは三〇〇〇隻の艦艇を割くことを承知した。

そのあいだにも、各艦隊の司令官は、善戦している。

わずか一五分間の接近戦によって、ジャスパーは、帝国軍の密集隊形をきれいに切りひらくことに成功した。〝チーズをナイフで切るように〟と同盟軍史は表現している。帝国軍は、いちじるしく突出した同盟軍を左右から挟撃しようとこころみたが、ウォーリックの並列前進に圧迫されて、六光秒におよぶ後退を余儀なくされた。

「勝てそうですね」

と幕僚にいわれて、〝男爵《バロン》〟はベレーの角度をなおしながら答えた。

「問題は、勝ちつづけることができるかどうかだ」

各戦域では、情勢が混沌として、自分たちが勝利へむかっているのか、敗北へとすすんでいるのか、兵士たちは判断できなかった。この時点で、ジャスパーとウォーリックの連係は局地的ながら大きな効果をあらわし、帝国軍のカイト中将の艦隊は、全帝国軍で最大の損害をこうむった。

副司令官パルヒヴィッツ少将は戦死し、カイト中将自身は重傷をおって意識不明となり、この方面における帝国軍は指揮権の統一を失った。ここで同盟軍が組織的な全面追撃を敢行すれば、全体の戦局はいっきょに決していたであろう。だが、ウォーリックがこうむった損害と、蓄積された疲労も巨大なものであった。余力もなく、彼は逃走する敵を見送るしかなかった。

これにつづいて戦闘の空白状態が生じ、再開まで二〇時間が経過した。

二〇時間にわたる奇妙な間隙は、索敵と補給に費された。帝国軍、同盟軍、ともに必死で相対的位置の確認につとめたが、どちらも、えたのは失望だけであった。

ブルース・アッシュビーは戦闘指揮そのものにおいては、しばしば本能にたよって戦理に背馳したが、補給を軽視する愚はおかさなかった。同時に、補給のための時間すら、戦闘のために極限まで利用した。アッシュビーは、各艦隊から割かせた戦力を統合して、全軍の主力となるほどの部隊を編成し、それを混乱なく統率して戦場外縁を移動している。その指揮ぶりの異常なまでの熟練もさることながら、戦っている各隊の戦力を割いて最終決戦部隊を編成するというやりかたが、後世の史家を呆然とさせることになるであろう。

一二月八日から一〇日にかけ、戦況は膠着《こうちゃく》し、帝国軍と同盟軍と、どちらが有利であるか判断しがたい状況となった。

膠着とはいっても、大勢に変化がないだけで、無数の小戦闘が連続し、両軍の前線は火線の波となって間断なく揺れうごいている。死神と破壊神は、平和な時代と比較もできないほど勤勉に働き、努力にふさわしい成果をあげたのである。

膠着状態の外側で、帝国軍主力は時計方向への繞回運動をつづけ、同盟軍主力はそれを追尾しつつ、もっとも効果的な時点で急進し横撃をたたきつけようとしていた。どちらかの戦術上の意図が実現したとき、それまでの無目的ともみえる攻防の反復が、勝敗の帰結に大きな意味をもつことになるのだ。

耐えきれず、激発同様の攻勢に出たのは帝国軍であった。カルテンボルン中将の艦隊が突出し、おどろくべき速度と火力投入によって同盟軍を蹴ちらしにかかったのだ。

帝国軍の決死の攻勢は、勇気と人命の悲劇的な浪費であった。カルテンボルン中将の部隊は、すさまじい砲火に耐えて、F4宙域を占拠したが、そこで行動限界点に達してしまった。秒単位の空白を、ジャスパーは見逃がさなかった。すかさず反転攻勢を指令し、そのあざやかさは敵味方を瞠目《どうもく》させた。火力を集中してたたきにたたき、ついにカルテンボルン中将を旗艦もろとも四散させてしまう。

その逆撃も、シュタイエルマルクの来援によって一時的に阻止された。

帝国軍は四〇の小集団に分かれ、きわめて有機的な援護と反転後退のシステムをつくって、ついには同盟軍の攻勢から無傷にちかいまま離脱してしまうかにみえた。

だが、そこへ、冷静無比のファン・チューリンが側面攻撃をしかけてきたのだ。ほとんど一方的な縦射攻撃と、高速巡航艦の集団突撃が反復され、帝国軍は二〇〇〇隻あまりを失って潰《かい》走《そう》するにいたった。このように、〝七三〇年マフィア〟は、いずれも、艦隊指揮官としてきわめて有能有為であることを、またしても証明したのである。

ふたたびアレクサンドル・ビュコックの回想を引く。

「補給の結果、私に〝つぎの戦闘〟をおこなう機会があたえられたわけで、私は先刻の決意を実行することにした。恐怖はたしかにあったのだが、それを補強する想像力は出番がなかった。

なにしろやたらにいそがしくて、死や苦痛にたいする想像力をめぐらしている余裕がなかったのだ。恐怖心が回復したのは会戦全体が終わってからのことで、砲塔を出て通路の壁によりかかっていると、戦死者の遺体が、ロボット・カーに積みかさねられて眼前を通過していった。死者の手が車体からはみ出て床をなでていくのを見たとき、もはや彼らが人間としてあつかわれないのを知ったのだ」

……一六時四〇分。帝国軍の主力は繞回運動を不完全ながらはたし、同盟軍第五・第八両艦隊の後背に出現して、猛撃をあびせてきた。これまでにない苛烈さであった。

「帝国軍《やつら》をとおすな！」

つねひごろのダンディーぶりをかなぐりすて、指揮席の上に立ちはだかって、〝男爵《バロン》〟ウォリス・ウォーリックはどなった。両眼の毛細血管が破裂して、文字どおり血光を放っている。

ここで帝国軍の突破を許せば、同盟軍の全戦線が崩壊する。というより、すでになかば崩壊しつつあった。このとき双方の戦力比は、ほぼ一対二で同盟軍の劣勢であったから、その膨大な圧力は、小さな戦術などはたらかせる余地もない。

「アッシュビーが来るか、死神が来るか。この競走は、なかなか観物《みもの》だな」

冷静な表情は変えぬまま、ファン・チューリンが白っぽくなった唇でつぶやいた。そこへ第四艦隊が急行して、激烈な砲火で帝国軍の横面《よこつら》を張りとばした。だが、たちまち一〇倍する火力で報復されて、あわや全身を細胞レベルにまで引き裂かれそうになった。

「ブルースはなにをやってやがる！」

黒ベレーを艦橋の床にたたきつけて、ジャスパーは怒号した。神経が灼ききれる寸前で、司令官をファースト・ネームで呼びすてたことを自覚していなかった。ここで大攻勢に出なければ、帝国軍は遠大な繞回運動を成功させ、同盟軍と本国とのあいだに、火と鉄の壁をきずきあげるであろう。いまでは、そのことがジャスパーにもわかっていた。わかるからこそ焦りもする。だが、怒号の三〇秒後、彼はベレーをひろいあげ、勢いよく口笛を吹いて、勝利の行進曲を奏《かな》でた。

一八時一〇分、アッシュビーの統率する同盟軍がついに戦域になだれこんできて、いっきょに形勢は逆転した。帝国軍は前後から挟撃されるかたちとなった。アッシュビーの攻撃方向の選択は、まさに神技であった。帝国軍の左側面を削ぎとるように急進し、途中で方向を変え、ななめざまに帝国軍の中央を突破して、いっきょに帝国軍を潰乱《かいらん》の淵にたたきこんだのである。

〝どうだ〟と、少年っぽい動作で胸をはったアッシュビーは、仲間たちの陣列を見て小首をかしげ、ローザスにたずねた。

「ベルティーニはどうしている!?」

その問いにたいする返答は、あえぐような声だったが、雷鳴となってアッシュビーの鼓膜に突き刺さった。

「すでに戦死しました。少将中の先任者であるコッパーフィールド提督から、報告がはいったところです」

一瞬、アッシュビーの表情に、するどい傷心の影が翼をひろげた。

「そうか、ベルティーニの奴に元帥昇進のさきをこされたか」

それ以上は、傷心を言語化せず、アッシュビーは、第九艦隊の一時後退と再編成を命じた。

ベルティーニの戦死は、同盟軍の二隻の巡航艦が同時に被弾爆発したとき、それにまきこまれたものであった。集中する帝国軍の砲火から旗艦を守ろうとして火線上に立ちはだかったのだが、それが逆効果となり、密集した三艦が連爆状態を生じたのである。

思わぬ不運からベルティーニを失った同盟軍であるが、そのことによって、同盟軍が帝国軍を憎むことは、おそらくできないであろう。同盟軍の涙は好漢ベルティーニのうえにそそがれたが、帝国軍の涙は、その総量が同盟軍の三倍におよんだとしても、なおたりなかった。

わずか四〇分の戦闘で、帝国軍は六〇名におよぶ将官の戦死者をだしたのである。そのなかには、シュリーター大将、コーゼル大将ら歴戦の宿将《しゅくしょう》がふくまれており、帝国軍の人的資源は、おそるべき打撃と損失をこうむったのであった。

「軍務省にとって涙すべき四〇分間」

と、帝国軍は伝える。この四〇分間に失った損失を回復するために、一〇年の歳月を帝国軍は必要としたのであった。

ティアマト星域は、イゼルローン回廊内における最重要の戦略上の要地として、過去にも未来にも無数の人命をのみこむ。そして、ことにこの年の凄絶なほどの損失が、銀河帝国をして、イゼルローン回廊内に巨大要塞を建設させる決心をかためさせるにいたったのであった。しばしば、戦いは敗者にこそ軍事的な向上心をあたえるもののようである。

## Ⅳ

勝敗が完全に決したのは、一二月一一日一八時五〇分前後のこととされる。

ブルース・アッシュビーが心血をそそいで構築した重層的な罠のなかで、帝国軍は、流血した猛獣となってのたうちまわった。もはや隊形も秩序もなく、帝国軍の艦艇は、敵の手から逃げまどった。ときとして、追いつめられた絶望から反撃にうつる艦もあったが、わずかな死戦の刻《とき》をおいて、火線を集中され、ずたずたに切りきざまれて宇宙の塵《ちり》と化していく。

最後まで組織的な抵抗をつづけ、味方の戦場離脱を援護したのは、シュタイエルマルク中将の部隊であったが、ついに抗戦を断念して敗走を開始した。一八時五二分であった。その直後、アッシュビーの旗艦〝ハードラック〟は三隻の巡航艦と六隻の駆逐艦に守られ、主戦場宙域から前進しはじめた。なお孤立した敵艦が、散発的な砲撃をくわえてきたため、巡航艦が主砲を撃ち放ちつつ、わずかに旗艦から離れた。

まさにその瞬間だった。流れ弾の服を着た運命が、戦艦〝ハードラック〟の艦体中央部右下に飛びこんだのである。

生じた爆発は、艦内の三つの層をつらぬいて、艦橋にまで被害をおよぼした。床が割れ、艦橋要員のアトキンス大尉とスパリアー少尉が亀裂《きれつ》にのみこまれた。強烈な震動で転倒した作戦参謀ヒース少佐が、ようやく起きあがって時計を見たとき、一九時〇七分であった。このとき、ブルース・アッシュビーはまだ煙のなかに佇立していたというが、ほぼ一五秒の間をおいて二次爆発がおこり、その残響がおさまったときには床に倒れていた。床上一一〇センチほどの高度で水平に飛来してきたセラミックの大きな破片が、剣の刃のように、総司令官の腹部を斬り裂いたのである。ヒース少佐の耳は、低い声を聴きとった。

「ふん、このごろの戦闘は、女と同様、性質《たち》が悪くなった」

にがにがしげなその声は、アッシュビー大将のものであったか、やはりこのとき負傷し、三〇分後に死んだ作戦主任参謀フェルナンデス少将のものであったか、判然としない。ふたりの声の質は、よく似ていたのである。だが、つぎに発せられた声は、あきらかに、アッシュビーのものであった。

「おい、ローザス、すまんが軍医を呼んでくれ。このまま傷口をふさがずにいると、おれの腹黒いことが皆にわかってしまう」

いくつかの証言によると、その声は、弱々しいが、明晰ではっきり意味を理解することができたという。ローザス総参謀長が立ちあがったとき、ベレーは頭からとんで、額から血が流れていた。

「軍医！　軍医！」

とローザスが呼んだ声に応じて、すでに負傷者の血に汚れた白衣の軍医があらわれた。だが、彼にできたのは、アッシュビーの死亡時間を確認することだけであった。一二月一一日一九時〇九分。死因は出血性ショック。傷口は腹部に大きく開き、周囲は血の泥濘《でいねい》と化していた。

「勝ったのか、おれたちは……」

みずからの五官をうたがうように、ジャスパーがつぶやいた。通信スクリーンのなかから、彼に劣らず疲労したファンが返答した。

「彼らは去り、われわれは残っている。一般的には、これを勝ったというのじゃないか」

そこへべつの通信波が割りこんできて、〝七三〇年マフィア〟の面々は、彼らのリーダーが永遠に失われたことを知ったのである。

大勝利をおさめた同盟軍は、勝利の祝杯をあげることもなく、重く苦い沈黙のうちに惑星ハイネセンに帰還した。年が明けて一月四日、盛大に国葬がとりおこなわれた。

ブルース・アッシュビーは死後、元帥となる。生きていれば三六歳に達しており、自由惑星《フリー・プラ》同盟軍《ネッツ》の歴史上、最年少の元帥であった。〝ダゴンの英雄〟リン・パオとユースフ・トパロウルの両者さえ、元帥号をえたのは四〇歳に達してからであった。

アッシュビーの名声を不朽《ふきゅう》のものとするため、軍首脳部はかるい政治的配慮を弄《ろう》した。彼とおなじく第二次ティアマト会戦で戦死したベルティーニは、死後すぐの昇進で大将にとどまり、元帥号をえたのは宇宙暦《SE》七五一年、つまり死後六年を経過してからであった。このような配慮が、一般市民や兵士の英雄信仰を高めるとともに、反感をもいだかせる結果となったのである。

こうして、天才ブルース・アッシュビーの英雄伝説は完結した。完結したはずであったが、ベルティーニの元帥昇進から三七年をへて、どこかのおせっかいが死者の墓にクエスチョン・マークをペンキで書きつけたのだ。それを拭きとるために、いまのところいちばんあたらしい英雄が動員された、というのが、現状の表面的な図式であった。

五ダースほどの歴史書をデスク上に積みあげて、ヤン・ウェンリーは考えこんでいる。

ブルース・アッシュビー元帥の死に謀殺の可能性が存在するとしたら、どのあたりが有力候補であろうか。

帝国軍はブルース・アッシュビーの旗艦〝ハードラック〟の位置を正確に知っていたのだろうか。考えにくいことだが、もしそうだとしたら、その情報源は、戦っている両軍のどちらがわに存在したのだろうか。

再三、確認したように、同盟内部には、ブルース・アッシュビーと〝七三〇年マフィア〟にたいする不安と不信があった。かつてルドルフ・フォン・ゴールデンバウムが銀河連邦を簒奪したように、〝七三〇年マフィア〟は軍閥化し、軍事力と大衆的な人気とを背景に、軍事独裁体制をきずきあげるのではないだろうか。むろん同盟軍が敗れてはこまる。だが、勝ちすぎてもよくない。この二律背反《アンビバレンツ》を解消するには、〝同盟軍が勝ってアッシュビーが戦死すればよい〟。そして結果はまさに理想どおりになったわけである。

この理想は、偶然によってもたらされたものだろうか。その疑問が、黒い煙を吐きだしながら、ヤンの思考世界の地平線上をはしりまわった。と、いきなり地平線上になにかの影があらわれたので、ヤンは目をみはった。摩天楼のように積みあげられた本の山ごしに、キャゼルヌの、やや緊張した顔があった。

「象牙の塔をさわがせて申しわけないが、ちょっとしたニュースがあるぞ」

「どうしたんです？　誰か死んだんですか」

これは洞察ではなく、センスのない冗談だった。そして人間社会には、そんなたぐいの冗談につりあう事実が存在するものだ。

「ローザス提督が亡くなった」

絶句するヤンに、キャゼルヌは、第二弾を投げつけた。

「それも病死じゃない。自殺か事故か、あるいは他殺の可能性があるそうだ。まだ確定的なことをいえる段階じゃないがな」

いったん語をきって、キャゼルヌは、ひかえめに現状を表現した。

「ちょっとばかし奇妙なことになったな」

ヤンもほぼ同感だった。無言のまま彼は黒ベレーをぬいで片手で頭髪をかきまわした。そんなことをしても脳細胞が活性化する保証はなかったのであるが。

# 第四章　喪服と軍服のあいだ

## Ⅰ

宇宙暦《SE》七八八年一〇月九日、自由惑星同盟軍《フリー・プラネッツ》退役大将アルフレッド・ローザスの軍部葬がとりおこなわれた。ただひとりの遺族である孫娘ミリアム・ローザスの強い希望により、自宅で挙行されたのである。当日は、鉛色の雲が朝から地上へ飛びおりるようすをみせて、式を運営する人たちの神経をいたぶったが、実際の降下作戦はおこなわれず、参列者たちは礼服を濡らさずにすんだ。

ヤン・ウェンリー少佐も、喪服を着用して式に参列していた。軍服が似あわぬ以上に、喪服の似あわぬ男である。ただ、神妙そうな表情にいつわりはなかった。彼は生前のローザス提督が最後に会った制服軍人であったのだ。目だつつもりもなく、また声をかけられるのもいやなので、彼は立つ場所をえらび、なるべく心を空《から》にして式場の隅にひっこんでいた。

「七三〇年マフィアの、最後のひとりが地上から消えたわけだ」

そういう声が聴こえる。ひとつの時代が終わった、という感慨を、同盟軍の軍人たちは実感したであろう。ブルース・アッシュビーによって代表される七三〇年マフィアの面々は、ひかえめに表現しても、同盟軍の一時代を象徴する存在であった。軍服に喪章をつけた姿、あるいは喪服を着用した姿、ほとんどが軍の高級士官であり、彼らが保持する勲章の重さだけで、船が一隻沈むであろうと思われる。

彼らのあいだでは、低いささやきが熱心にかわされていた。

「睡眠薬の量をまちがえたって？　まったく、戦場よりベッドのほうが死にちかい、というやつだな」

「まあ苦しんで亡くなったわけではないから、その点ではよかった」

「しかし七三〇年マフィアの人たちは、なぜまあそろって、天寿をまっとうできなかったのだろうな」

しみじみとした述懐であったが、左右があわててそれを制した。喪服姿の少女、つまりローザス提督の孫娘が、彼らの前を歩みすぎたからである。背筋を伸ばし、前方を直視し、表情を白い皮膚の下におしこめて、彼女は、軍高官たちのあいさつに過不足ない礼儀で答えた。ただ、礼儀は完全であっても、彼女の視線は、どことなく訪客たちの居心地を悪くするものであったようだ。

やがて少女が歩みよったのは、式場の隅に、彫像というより雑木のように佇立している若い士官の前にであった。人目につかない場所でぼうっとしていたヤン・ウェンリーは、名前を呼ばれて居ずまいを正した。

「ええと、このたびはお悔《くや》みを申しあげます。ミス・ローザス……」

「ミリアムでいいわ」

少女は、〝エル・ファシルの英雄〟を、少女らしい興味をこめて眺めやった。

「あなたは自分の恋人にたいしても、そんな呼びかたをするの？　ミスなんとかって」

「恋人はいません」

なさけない台詞を、ヤンは口にした。謙遜でも虚偽でもなく、事実であるから、いっそうなさけない。ミリアム・ローザスは黙然と若い軍人さんを見かえし、〝じゃあわたしが恋人になってあげる〟などという立体TV《ソリビジョン》ドラマの女主人公のような台詞は口にしなかった。偉大な提督の孫娘と、偉大な提督になれそうにもない青年士官は、何秒かのあいだ、ならんで葬儀の一部をながめた。

「盛大な葬儀ですね」

口にだしてから、そのような表現が許容されるべきかどうか、ヤンは優柔不断な悩みにとらわれた。ミリアム・ローザスは、年齢にそぐわぬ苦い笑みで口もとを飾った。

「ほんとうに悲しんでいる人なんて、あのなかの一割もいやしないわ。形式で来てるだけのことよ」

「たとえ一割でも、たいへんな数ですよ。それに、悲しんでいないとしても、残念には思っているんじゃありませんか」

「あなたもそう？」

ヤンは真剣にうなずいた。

「私もローザス提督を、すくなくとも尊敬していたつもりです。えらい人を、私は苦手なんですが、あなたのお祖父《じい》さんには、もっと早くお目にかかりたかった」

「ありがとう、祖父が聞いたら喜ぶわ。あなたのこと、祖父は気にいってたから」

それは望外な一語であり、ヤンとしては恐縮する以外になかった。人生の厚みと深みとを具《ぐ》現《げん》した老人を、ヤンは尊敬する。どういうものか、ときとして、人生からも歴史からもなにひとつ学ばなかったような老人も存在するが、ローザスはそうではなかった。

「ブルース・アッシュビーは、死んでしまってからまで、仲間たちの運を吸いつくしたのよ。七三〇年マフィアで、幸福に晩年を迎えた者は、ひとりもいないのだから」

ミリアム・ローザスは、四三年前に戦死した偉大な将帥《しょうすい》にたいして、否定的な評価を変える気はなさそうだった。

「どうしたの、なにか言いたいのではないの？」

挑発されているのか揶揄されているのか、ヤンには判断がつきかねた。たしかなことは、この少女の問題提起をかるくあしらうわけにいかぬということである。

「ミス・ローザス、あなたのお心情《きもち》は、ええと、尊重したいのですが、そのような言いかたは、亡くなった提督がたにとっては迷惑かもしれませんよ」

どう表現すべきか、困惑しつつ、ヤンは反論をこころみた。ミリアムは、強い光をたたえた瞳にヤンの姿を映した。

「ええと、つまりこう思うのです。七三〇年マフィアと呼ばれる提督がたは、それぞれの人生の主役であって、けっして運命に流されていたのではないと……」

葬礼用にととのえた髪を、ヤンはかきまわそうとしたが、うまくいかなかった。お説教する意思など、ヤンにはなかったし、そもそも自分の考えが一〇〇パーセント正しいという自信もない。そもそも人生を語るには、ヤンは若すぎる。

「ヤン少佐、あなたは事実と真実を混同してるんじゃないの？」

ミリアムが、質問の形式でそう断じた。辛辣な、というより、もどかしがっているような口調であり表情であった。

「七三〇年マフィアの面々が、それぞれの人生に満足し、意義を見いだすのは、彼らにとっての真実でしょうよ。だけど、客観的な事実として、彼らの正当な権利が侵犯されているとしたら、それを看《み》すごすのは、不公正というものだわ」

それはおせっかいというものかもしれない、と、ヤンはそう思ったが、少女の主張は理にかなっていた。〝みんな満足していたんだから、それでいいじゃないか〟というのは、歴史を研究する者の態度ではない。もっとも、ヤンの立場は、公正無私な学徒のものとはいえないであろう。

「ローザス提督の権利は侵犯されていた、と、お考えなんですね」

「祖父の権利もね」

微妙な訂正を、ミリアムはくわえた。

「祖父はブルース・アッシュビーの参謀長をつとめることが多かったけど、むろんわたしがいってるのは一般論じゃないわ。参謀の功は司令官に帰す、とか、そういうレベルのことじゃないのよ」

この少女を相手にしていると、言葉のもつ意味や定義を、ひとつひとつ検討し、再確認せずにはいられなくなる。〝単語の女神さま〟というフレーズがヤンの脳裏を横断しかけたが、口にだすのは不謹慎の度がすぎるであろう。

雨になりきれぬ湿気が、冷たくヤンの頬をなでまわした。吐く息が白く雲をつくっている。季節は人の心に呼応したかのように、カレンダーより先行していた。ヤンはためらいがちに、べつの話題をもちだした。

「ミリアムさんは、これからどうなさるんですか。その、出すぎたことだと思いますけども……」

「ほんとに出すぎてるわね」

「すみません」

「また必要がないのにあやまるのね、あなたは」

ミリアムは笑った。嘲笑ではなかった。彼女の笑顔がやわらかく温かいものであることに気づいて、ヤンは心地よさをおぼえた。

「心配しなくていいのよ。わたし、ちゃんと婚約者がいるの。いまフェザーンに行ってて、葬儀には来られないけど……」

ミリアムより一五歳上の商船の機関士《エンジニア》で、才走ったところもなく美男子でもないが、篤実《とくじつ》な男であるという。生前のローザス提督が、たったひとりの孫娘を託すにたりると見こんだ男ということであった。

「ところで、ヤン少佐、これからもブルース・アッシュビーの謀殺説を調査するの？　犯人をとらえることができそう？」

「私は憲兵《MP》じゃありませんから」

そう前置きしたのは、柄になくヤンがこだわっていた証明であるかもしれない。ミリアムが表情をうごかしたのは、その記憶が、彼女にもあったからであろう。

「ですから、犯人さがしなんぞする気はないんです。もともと。私がやりたいのは、べつのことでして……」

ヤンは表現力の不足を自覚した。ミリアム・ローザスに虚偽を語るつもりはなかったが、事実を語るのも、この場合は困難であるように思われた。彼は、芸もなく、もう一度くりかえした。

「もともと犯人さがしをするつもりなんか、ありませんでしたからね」

これは本心である。ヤンの興味は、物理的な犯人捜査より、〝ブルース・アッシュビー謀殺説〟にからむ過去の人間心理の錯綜《さくそう》のほうにむけられている。それは歴史学者になりそこねて軍人になってしまったヤンの、執念と未練とがタップダンスを踊っているのかもしれなかった。歴史学は、人の世に不可欠の学問であるが、死者の陵墓をあばくような一面はたしかにあるので、その点にかんして畏《おそ》れの感情を忘れるべきではないのだろう。

「負けおしみでもなさそうね」

「いえ、負けおしみですよ、たぶん」

いささか不分明な心理で、ヤンがそう応じると、ミリアム・ローザスはひとつうなずいて表情をあらためた。

「じゃあ、さようなら、ヤン・ウェンリー少佐。なるべく他人を傷つけずに功績を樹《た》てることができるよう祈ってるわ」

ミリアムは、黒い長袖につつまれた腕をヤンにさしだした。友情の握手がかわされた。煙るような笑顔を残して、ミリアムはヤンの前から遠ざかっていった。ヤンは喪服につつまれて、ぼんやりとその場に立ちつくしていた。小鳥に逃げられた猫の気分かな、と思ったが、どうも、正しい比喩ではなさそうだった。

## Ⅱ

　葬儀は淡々として進行していった。結婚式のように本来が明るく喜ばしい行事であれば、形式をはずしてもかまわないのであろうが、葬儀はやはり慣行と社会常識の枠をはずれるわけにはいかない。そして、文の長さと思いの深さとがしばしば反比例する弔辞《ちょうじ》が、ダース単位でつづいた。統合作戦本部長、国防委員長、士官学校校長、退役軍人連盟会長、その他、固有名詞をくっつけた役職名の大群。はて、そういえば現在、わが軍でもっとも高い地位にある人物は誰であったか。記憶の細い糸をたぐろうとしたとき、彼にあいさつしてきた人物がいる。

「おひさしぶりです、ヤン先輩」

　敬礼して、場所がら控えめに笑ったのは、ダスティ・アッテンボローであった。ヤンの士官学校の後輩である。来年六月卒業予定の四年生で、将来を有望視されること、同時期のヤンと比較にならない。

　軍人としての才能の均整、という点において、ダスティ・アッテンボローは、ヤンやアレックス・キャゼルヌを凌駕《りょうが》するであろう。もっとも、いまだ士官学校を卒業していないので、あくまでも可能性にとどまる。それでも、デスクワークと前線指揮と、理論と実践と、過不足なく調和しているし、下級生にも人望がある。ヤンの在校時から、奇妙にヤンと精神の波長があって、友人づきあいしていた。ヤンとくんでシミュレーションで司令官役と参謀役をつとめた例が四度あり、四戦全勝の記録を残している。

やはり喪服姿のアレックス・キャゼルヌが、後輩たちの姿を発見し、声をかけてきた。

「アッテンボローか、お前さんも来ているとは思わなかった。足まめなことだな」

「軍部葬ですからね、士官学校の在校生は全員、かりだされていますよ」

アッテンボローは片方の肩だけをすくめてみせた。

「いやいやというわけじゃありません。ローザス提督は、りっぱな人だったそうですからね。それになにより授業がなくなるのがありがたい」

最後の部分は、冗談というより偽悪趣味のあらわれであろう。ダスティ・アッテンボローは、学業成績からいえば準優等生といってよいが、精神構成要素に反骨の成分が多く、問題児とみられるほうを好む傾向があった。行動力と組織力は、〝有害図書愛好会〟の責任者として暗躍したときに証明されている。他人に命令されたことは型どおりにしかやらないくせに、自分で興味をもったことには、まことに熱心で凝り性だった。シミュレーションでは、敗北した部隊を再編して抵抗をつづけるという、どちらかといえば陰性であるはずの戦闘指揮に、余人の追随を許さない。この青年が指揮すると、敗軍のうごきが急に精彩をおびるのが不思議であった。

型どおりの艦隊戦よりも、ゲリラ的な戦術指揮のほうに力量をもっているかもしれない。

キャゼルヌとヤンとアッテンボローという顔ぶれは、考えてみれば奇妙なトリオであった。すでに軍官僚として成功しているキャゼルヌ、まぐれで地下の水脈を掘りあてたかにみえるヤン、将来を嘱望されているアッテンボロー、三人が三人とも、当初から軍人志望ではなかったのだ。ヤンは歴史学者になれたらよいと思っていた。キャゼルヌは行政組織経営に興味をもっており、アッテンボローはジャーナリスト志望であった。

士官学校や軍隊は、しばしば、各方面における人材の供給源になりえる。学費が無料であるし、体系的な組織運営理論や、集団統率の実践を学ぶことができるからだ。ただ、成功例と同数の失敗例が存在するわけで、成功例だけをとりあげればよいというものではない。〝歴史上の偉人に学ぶ〟などというたわごとが現実に通用しないのとおなじことだ。現実には、理論以外に〝まぐれ〟というとんでもない成功の要素が実在するのである。ヤンなど、〝歩くまぐれあたり〟といわれてもしかたないところであった。

ひとりの男に、ヤンは視線をとめた。というより、ヤンの視界をじつに颯爽と、ひとりの男が横断していったのだ。年齢は三〇代前半というところであろう。喪服を隙なく着こなした長身の青年紳士であった。端整な容姿は、自信にみちて洗練された動作によって、さらにきわだって感じられる。意識の有無はさだかではないが、指先まで、舞台俳優めいた練度が感じられた。これをどう思うか、は、観客各人の選択によるであろう。ヤンはあまりこころよい印象をうけなかったが、それはともかく、キャゼルヌに尋ねてみることにする。

「あの男は誰です、ほら、あの舞台俳優みたいな目だつ男がいるでしょう？」

ヤンの視線を追ったキャゼルヌが、記録装置の画面を再生する表情をつくった。

「ヨブ・トリューニヒト、だったかな。若手の代議員では一番高名な男だ。たしか国防委員になったばかりじゃなかったかな」

キャゼルヌの声に、好意の微粒子はふくまれていなかった。言語のひとつひとつは、けっして不公正ではなかったのだが、声がそれを裏切っていた。

「もう二、三年もすれば、最高評議会で閣僚の椅子を手にいれるだろうという噂だ。売り出しちゅうという点では、お前さんといい勝負だな」

「私はべつに買ってもらわなくてもかまわないんですがね」

ヤンはつぶやき、ふと心づいて、アッテンボローに機密の一端をもらしてみた。アッシュビーの謀殺説について、明敏な後輩の意見をきいてみたくなったのだ。返答は簡明であった。

「ばかばかしいですね」

「ばかばかしいかなあ」

「だって、アッシュビー提督をそうやって消してしまったあと、誰が帝国軍の手から同盟を守ってくれるんです？　アッシュビー提督を謀殺するなんて、自分の足もとに陥《おと》し穴を掘るようなものですよ」

後輩の発言は、もっともであった。ただ、歴史上には、いくらでも例があることなのだ。権力者が保身欲と猜疑心のために、有力な将帥を粛清してしまう例は。多くの場合、それは国家の滅亡に直結するのだが、その逆に、有力な将帥が実際に国を簒《うば》ったという例も、枚挙に暇《いとま》ない。つまるところ、国家や権力体制に永遠などありえないので、Aという衰亡の道を塞《ふさ》げば、Bという滅亡の門が開くというだけのことである。

「そうだよなあ。人がかならず死ぬように、国家はかならず衰亡する。長短の差があるだけだ」

ふと、ローザス提督のことを考える。友人たちの誰よりも長生きして、彼は幸福だったのであろうか。

「ブルース・アッシュビーとおなじ時代に生きた人間が、すべて彼を愛し、理解せねばならないという義務はない」

故人となってしまったアルフレッド・ローザスはそう語った。ブルース・アッシュビーという固有名詞をヤン・ウェンリーとおきかえれば、それはささやかな現実にたいする教訓になるかもしれない。万人に理解してはもらえないし、それを歎《なげ》く必要もない。べつに孤独こそ本質だとつっぱることもないが、知己《ちき》がつねに少数であることはわきまえておきたいと思う。

「で、そんなこと投書した奴の正体は、わからないんですか、ヤン先輩」

「いまのところわからないね」

永遠にわからないかもしれない、とは口にださなかった。アッテンボローは、ヤンの顔を見なおして、なにやらいいたげな表情になったが、先輩に倣《なら》ってのことか沈黙を守った。

「真実はつねに複数形なんだろうな」

キャゼルヌが冷たくなった両手をこすった。

「戦争をする奴の真実。戦争をさせる奴の真実。戦争をさせられる奴の真実。ひとつひとつ、みなちがうさ」

これもまたそのとおりだ、と、ヤンは思う。自分ひとりの場合にかぎっても、右目だけで見たときと左目だけで見たときとでは、同一の物体がことなるものに見えるではないか。まして、横にまわって見る人もいれば、後方からながめる人もいる。それぞれに、網膜はことなる像を結ぶだろう。それらのひとつだけが正しく、他は誤っていると、誰が判断するのだろうか。

ヤンは、かるく頭をふった。考えすぎて頭が痛い、というべき症状に襲われたのだ。よくない癖だ、と思う。持続力の限界をこえて考えつづけ、現実処理の枠をはるかにおきざりにして、思考の迷路にはいりこんでしまう。それじたいは、苦しい以上に楽しいのだが、もうすこし地面から足を離さないようにするべきかもしれない。

葬儀は終わりつつあった。

## Ⅲ

ブルース・アッシュビーの死後、〝七三〇年マフィア〟は無力化した。すくなくとも、統一し団結した派閥として、政治家たちの悪夢に登場することはなくなった。〝行進曲《マーチ》〟ジャスパーにせよ、〝男爵《バロン》〟ウォーリックにせよ、ファン・チューリンにせよ、いずれも有能で優秀な将帥であったが、派閥の中核とはならなかった。第二次ティアマト会戦ののちに、彼らは分裂し、分散して、ついに一堂に会することはなかった。それぞれに栄達して顕官《けんかん》となり、退役して実業界や教育界にはいった。功なり名とげた偉人たち。だが、ミリアム・ローザスも言明したように、〝七三〇年マフィア〟の面々は、いずれも不遇な晩年を送ることになる。その点、ミリアムとことなる見地に立てば、ブルース・アッシュビーこそが彼らの幸運の要因であったかもしれない。

……〝男爵《バロン》〟ウォリス・ウォーリックは、その後も第一線の指揮官として帝国軍と戦いつづけた。宇宙暦《SE》七四九年に大将に昇進、七五一年に宇宙艦隊司令長官に就任する。その後二年間ほどは大きな会戦はなく、七五三年に無傷で退役する。まだ四三歳であった。一年間の休養ののち、伝統ある私立大学の学長に就任する。大過なく一期三年をつとめたあと、生地である惑星パラスの知事に立候補し、一期四年をすごして中央政界に転じた。七六〇年に最高評議会において国防委員長の座を獲得する。同時に、過去の武勲のかずかずによって元帥号をうけた。順風満帆の人生であるように見え、社交界の名士として鳴らしたが、その身辺には、しばしばスキャンダルが発生した。彼自身が犯罪をおかしたことは一度もなかったが、国防委員会事務局の汚職事件が発覚して自殺者が出たため、一件落着後に辞任しなくてはならなかった。つづいて五年来の愛人が麻薬中毒死し、さらにいくつかの小事件が連続して、〝男爵《バロン》〟の名声は地に堕《お》ちた。彼は政界からも社交界からも身をひき、わずかな資産だけをたずさえて、惑星ハイネセンの小都市にひっこんだ。心臓発作で急死したのは七六六年、五六歳のときである。

〝行進曲《マーチ》〟フレデリック・ジャスパーは、僚友たちのなかでもっとも長く軍隊にとどまった。宇宙暦《SE》七四九年に大将に昇進、対帝国の最前線にあって寧日《ねいじつ》なき歳月を送る。七五三年、〝男爵《バロン》〟ウォリス・ウォーリックの後任として宇宙艦隊司令長官に就任、帝国軍を相手に勝敗をかさね、七七〇年まで一七年間にわたる司令長官職の最長在任記録をつくった。この間、七六四年には元帥号を授与されている。七七〇年から七一年にかけて統合作戦本部長をつとめたが、これは可もなく不可もなしというところであった。どこまでも、実戦の人であったらしい。七一年、退役して、妻とともに旧婚旅行に出発し、その帰途、宇宙船の事故で夫婦そろって死亡した。夫が六一歳、妻が五六歳であった。

ジャスパーに二年遅れてファン・チューリンが死去した。

冷静沈着なファン・チューリンは、七五〇年に大将に昇進する。べつに嬉しそうでもなかった。生死を賭けた戦いにのぞむときとおなじように、淡々としていた。宇宙艦隊総参謀長から、司令長官をバイパスして統合作戦本部長に就任したのは七五五年。七六一年までその任にあり、宇宙艦隊司令長官となったフレデリック・ジャスパーと六年間にわたってコンビをくむ。両者の公人としての関係は悪くはなかったが、私的な交友はとだえて、たがいの自宅を訪問することもなかった。七六一年、元帥号を授与された直後に退役する。統合作戦本部長としては、すぐれた実務能力と、温かみには欠けるが筋のとおった人事とで、まず名本部長と称されるにたりる業績をあげたとされる。

家庭的にはめぐまれなかった。妻と離婚し、息子には先立たれて孤独であった。退役後、いくつかの名誉職をえたが、本気になって仕事に励むと若い連中に嫌われるというので、ひとり公園のベンチで鳩に餌をまく毎日だった。六三歳のとき肺塞栓症《はいそくせん》にかかり、二度めの発作ののちに死去した。

ファン・チューリンは死の床にあっても冷淡で沈着であった。医師から「痛いですか」と問われたとき、「痛いに決まっとる」と、眉も動かさずに答え、さらに二分後、「意識が混濁しつつある。これ以上しゃべると、ろくなことを口にしそうにないから黙るぞ」と宣言した。その後、なんと話しかけられても返答せず、四〇分後に死亡した。〝七三〇年マフィア〟の面々で、彼の死に立ち会ったのは、アルフレッド・ローザスだけであった。ファンの死によって、ローザスは、かつての僚友をすべて失い、以後一五年間、〝七三〇年マフィアの最後のひとり〟として静かに孤塁《こるい》を守りつづけることになる。

ファン・チューリンは遺言で、葬式も埋葬もすべて不要といいのこした。葬式はともかく、埋葬はせぬわけにいかず、ローザスの手配でコリント墓地にひっそりと埋葬した。簡素な墓石には、彼の姓名と生没年のほかに、〝信頼を裏切ることなき一生〟と記されている。

ジョン・ドリンカー・コープは七五〇年に大将に昇進し、宇宙艦隊副司令長官となるが、翌七五一年、〝パランティア会戦〟において戦死する。享年四一歳である。この戦いにおいて、コープの作戦指揮は過去のどの戦いよりも精彩を欠き、一方的に敵に翻弄されて完敗を喫した。戦死者数三〇万におよぶ大敗であった。

このとき〝行進曲《マーチ》〟ジャスパーは、救援艦隊をひきいてパランティア星域に急行したが、四時間おくれた。彼が戦場に到着したとき、完勝をおさめた帝国軍はすでに帰路についていた。ジャスパーはその後背を撃って、戦友の無念をわずかに晴らした。いや、当人はそのつもりだったが、冷酷な噂がたった。ジャスパーは、まにあわせようと思えば援軍をまにあわせることができたのに、功績を独占しようとたくらんで、コープを見殺しにしたというのである。夫の死でとりみだしたコープ夫人が、その噂を信じてジャスパーを責めた。夫人はのちにジャスパーに謝罪したが、この後味の悪い事件は、死者と生者との双方を傷つけた。コープが死後、元帥号をえたとき、ジャスパーがその報を遺族に伝達したが、夫人に会うことはさけた。以後、コープの遺族は、ジャスパーの生前に彼と会うことはなかった……。

## Ⅳ

〝第二次ティアマト会戦〟に参加した司令官たちの話は、表面的にせよいちおう知ることができた。あとは中堅の士官や下級兵士の話を聞くことができれば、と、ヤンは思って、いくつかの候補をえらんだ。手記を読んだことのあるアレクサンドル・ビュコックという人を、まず候補にあげてみる。現在、六二歳という計算になるから、退役しているということもあろう。調べてみると、ビュコック氏は、現在、准将にまで昇進していた。

「アレクサンドル・ビュコック准将は、現在マーロヴィア星域方面管区の警備司令官に在任中です。任地まで三三〇光年ありますが、面会を希望なさいますか」

宇宙は広すぎる、ヤン・ウェンリーがむりなく調査をおこなうには。惑星ハイネセンにいすわって資料を見ているだけでは、限界があるのだ。ではどうするか。ヤン・ウェンリーはめずらしく勤勉の美徳にとりつかれた。おおまかにつくった会戦参加者のリストをつくりなおし、士官二〇名、下士官二〇名、兵士三五名の正確なリストを作製する。彼らの住所を調査し、来訪して話を聞く日程表をつくる。出張旅費の計算までたてて、それをアレックス・キャゼルヌ中佐に提出したのが一〇月一二日であった。

「よくまあ短期間でこれだけやったもんだな。見なおしたよ」

「まあ私もその気になれば」

自信過剰な口をヤンはたたいた。書類に目をとおしたキャゼルヌは、出張旅費の算出額を見て、わずかに気むずかしげな表情をつくったが、口にだしてはなにもいわなかった。ヤンが出張を申しこんだのが意外であったにちがいないが。

もともと幼少のころから父タイロンにくっついて宇宙を旅していたヤン・ウェンリーである。恒星系や惑星を渡り歩くことに、心理的抵抗はない。出張するのも、それが長期間にわたるのも、べつにかまわなかった。

計画書を提出してから三日後のことである。

「同盟軍英雄列伝は読み終わったかね、ヤン少佐どの」

キャゼルヌにそう言われたとき、ヤンは、デスクについたまま半分眠っていた。キャゼルヌに調査計画書を提出した時点で、一〇月ぶんの勤勉を費いはたしてしまったのである。出張が正式決定するまではやることもない、と決めこんで、あらたに何冊かの資料を読みはじめたところだった。といっても、興味をおぼえた資料はすでに読みつくしている。あらたな資料は、数字をならべた無味乾燥なものか、史伝というより客観性を欠いた信仰書のようなものが多かった。かくして、デスクにそれらの本をつみあげ、ヤンは防壁の陰で秋眠にうつろうとしていたのだ。

「目をさませ。お前さんのあたらしい任地が決まったぞ」

キャゼルヌの声も表情も、このときどこかかたくるしかった。だが、眠りの神との友好関係をひきずっていたヤンは、それを看過《かんか》してしまい、かたちだけうなずきながら、キャゼルヌの声のつづきを芸もなく待ちうけた。

「惑星エコニアの捕虜収容所に赴任してもらう。どうにもあわただしい話だが、今月末にはハイネセンを出立せよとのことだ」

まばたきをまじえて、ヤンは、先輩の顔を注視した。エコニアという固有名詞を、記憶巣の抽斗《ひきだし》から探しだすのに、五秒半ほどの時間が必要だった。探しあてたとき、大きな喜びの念をおぼえることはなかった。たしか不景気な星区の不景気な惑星で、捕虜収容所がほとんど唯一の産業ではなかったか。

捕虜収容所などというしろものは、小説においても立体TV《ソリビジョン》においても、脱出すべき存在である。悪辣な収容所長や残忍な看守に痛めつけられた主人公が、智略と勇気と忍耐のかぎりをつくして脱出をはたす。収容所の職員は、憎むべき敵役《かたき》である。〝エル・ファシルの英雄〟ヤン・ウェンリー氏は、まさにその敵役として赴任することになったのであった。

「ふうん、捕虜収容所ね」

感心したように、ヤンはつぶやき、意味もなくベレーの角度をなおした。

「所長じゃないですよね、まだ」

「ナンバー3だな。所長、副所長、そして参事官。所長が大佐で、副所長が中佐で、参事官と警備主任が少佐だ」

「参事官ってなにをするんです？」

「所長がミスをしたら責任をかぶるのさ」

「では所長が有能であることを祈りましょう」

「それがいいな。ところで、どのくらいの期間で帰ってこられると思う？」

「そうですね、一年は帰れないんじゃないでしょうか」

さしたる根拠もなく、ヤンはそう答えた。キャゼルヌは顔の下半分を掌でなでまわし、なぐさめと励ましをまじえて後輩を見やった。

「半年だな。それだけ辛抱しろ。なんとか早く呼びもどすよう手配する」

「期待してますよ」

「もっとも、おれ自身がとばされるようなことにならなければ、だがな」

キャゼルヌの一言は、完全な冗談には、ヤンの耳に聴こえなかった。

「もしかして、それは、アッシュビー提督にかんする調査の件ですか」

「わからん」

「とするとですね、中佐、もしかして……」

「推測してもこの際は無益だ。有益なことをするんだな。今日はもうオフィスにいなくていいから、帰宅して荷づくりでもしろ」

まことに有益な忠告であった。

こうして、ヤン・ウェンリー氏は、まことにあわただしく、惑星ハイネセンを離れる仕儀とあいなった。転居したばかりの官舎も、軍の施設局管理課の手にゆだねられた。トランクひとつをさげて、〝エル・ファシルの英雄〟は宇宙港に足をはこんだ。一〇月三一日の正午である。カウンターでトランクを預け、ふりむくと、そこにうら若い女性がたたずんでいた。

「よかったわ、まにあって。授業が長びいたので、どうなることかと思ったけど」

ジェシカ・エドワーズであった。

「来てくれるとは思わなかったよ。むりしなくてよかったのに」

「そんなことしたら、ジャン・ロベールに怒られるわ。自分の親友の出立を見送らなかった、薄情な奴だって」

ジェシカは笑いをおさめ、真剣なまなざしをヤンにむけた。

「わたしもあなたの……親友のつもりよ、ヤン」

その発言を、どううけとめればよいものか、未熟なヤンには判断がつきかねる。ジェシカの表情をまぶしく感じて、わずかに視線をそらせると、ロビーにたたずむキャゼルヌとアッテンボローの姿が見えた。彼らも見送りに来てくれたのだ。ヤンがジェシカと話しているのを見て、気をきかせたらしく、ちかよってこない。

「なにか要《い》るものがあったら連絡してね。時間が多少かかっても、かならず送るから。遠慮なんかしてはだめよ」

「ありがとう、そうさせてもらうよ」

素直にヤンは答え、彼のほうから握手の手をさしだした。

「じゃあ、ラップによろしく。どうもあいつとは行きちがいが多いんで、ジェシカにメッセンジャーを頼んでしまうけど」

「元気でね。今度また、ふたりそろって遊びに来てくれると嬉しいわ」

うなずいて、ヤンはジェシカにかるく片手をあげ、別れを告げた。キャゼルヌが半年間で呼びもどすといってくれたことを、大いに期待させてもらうとしよう。

自分自身がどこへ漂っていくのか、ヤンはつかみがたい思いがする。さしあたり、未来へむかって流れてはいるはずだが、「つい一週間さきのこともわからないんだからなあ」と苦笑するしかない宮づかえの身であった。

# 第五章　収容所惑星

## I

惑星エコニアは、同盟首都ハイネセンから四八〇光年をへだてたタナトス星系に位置する。ヤン・ウェンリー少佐が、軍立エコニア捕虜収容所の参事官を拝命したのが、宇宙暦《SE》七八八年の一〇月一五日。惑星ハイネセンを出立したのが一〇月三一日。エコニアに到着したのが一一月九日であった。本来なら九日を要するほどの旅程ではないが、主要航路からはずれると管制もあとまわしにされる傾向があり、中継地でも待機時間が長かったのだ。ヤン個人がないがしろにされたわけでは、けっしてない。惑星エコニアも、その地へいたる航路も、その航路に就航する宇宙船も、平等にないがしろにされているのであった。

宇宙港の貧弱な建物の外に出て、さてどうしようとヤンが考えていると、彼の名を呼ぶ声が聴こえて、若い大男の士官が彼の正面で敬礼した。

「ヤン少佐でいらっしゃいますな。パトリチェフ大尉です。参事官どのをお迎えにあがりました」

　背も高く、幅も広く、前後も厚い。年齢はヤンより五、六歳年長であろう。まことに恰幅《かっぷく》のよい、健康そうな青年士官であり、年少の上官を見おろす両眼にも屈託がなかった。士官学校の後輩に頭をさげることを、いさぎよしとせぬ人は多いのだが、そのような心理的障壁はこの大尉にはないらしい。

「荷物をどうぞ」

　かるく腕を伸ばして、パトリチェフ大尉は、ヤンがひきずっていた重いトランクをもちあげた。羽根枕でもはいっているとしか思えない、かるがるとした動作だった。パトリチェフは体躯にふさわしい膂力《りょりょく》の所有者であるようだった。

　助手席にヤンをすわらせると、パトリチェフはすぐに地上車《ランド・カー》を発進させた。老兵ともいうべき地上車《ランド・カー》で、内装もメカニックも充分すぎるほど使いこまれている。老兵をいたわるように、意外な細心さで運転をつづけていたパトリチェフが、沈黙を破ったのは、発進して正確に二分後であった。

「正直なところ、あんまり前途ある有望な士官は、ここには赴任してこんのですよ。私をふくめてですな。ヤン少佐のような有名な人が赴任していらっしゃるとは、いや、想像しませんでした」

「私だって前途有望じゃないよ」

「ご謙遜ですな」

「謙遜だといいけどね」

ヤンは助手席のシートにすわりなおした。地上車《ランド・カー》の透明なフードが、小さく低く弾けるような音を吹奏しつづけている。大きな砂粒が風にのってフードにぶつかってくるのだ。なかなかに元気な歓迎ぶりである。〝覚悟して来いや、おう〟と凄まれているようで、ヤンはなんとなく愉快な気分になった。

「あとで街をご案内しますよ」

そう言ってくれたパトリチェフの身分は、参事官補であるという。今後ヤンがどのように公務をはたすにせよ、彼の助力が必要になるはずであった。能力はいまだ不分明《ふぶんめい》だが、パトリチェフは、気質は邪悪にほど遠そうで、ヤンとしてはひと安心というところである。

「ほんとうは大規模な緑化計画が実施されて、住民もとうに一〇〇万人はこしているはずなんですがね」

実際に、この惑星に居住しているのは、民間人が一〇万六九〇〇人、軍人が三六〇〇人、帝国軍の捕虜が五万五四〇〇人だけである。首都ハイネセンの街区のひとつにもみたない総人口が、狭い植物繁殖地域にかたまって居住している。狭いとはいえ、人口がより少ないので、過疎という印象は変わらない。水と植物が豊饒《ほうじょう》であって人口が希薄という惑星は、人類が進出したかぎりの宇宙においては存在しない。人は水と植物がなければ生きていけないのだ。

パトリチェフ大尉に頼んで、ヤンは、標高の高い土地を地上車《ランド・カー》でまわってもらった。正式に舗装されず、砂に固化剤を注入しただけの道を走って、小高い丘の上に停車する。色彩にとぼしい平坦な土地が拡がり、そのなかで植物の緑と水の青とが、ささやかな生命力を主張しているようであった。

こうやって眺望してみると、惑星ハイネセンがいかに水と緑に恵まれた豊潤な土地であったかということがわかる。建国の父アーレ・ハイネセンがなしとげた一万光年の長征は、正しくむくわれたわけだ。自然地理的には。

「問題は政治史的にどうかということだろうなあ」

そうヤンが思うのは、皮肉ではない。彼は本気でアーレ・ハイネセンを尊敬していたから、彼の理想が貶《おとし》められ、汚され、民主政治が衆愚《しゅうぐ》政治に堕していくありさまを目にすれば、不快感を禁じえないのである。政治はきれいごとではすまない、それはたしかであろうが、その事情を免罪符としてふりかざし、私権をふるう手合を尊敬する気にはなれなかった。

さて、この地に設置された捕虜収容所は、敷地面積六六四平方キロ、緑地帯と岩砂漠との境界線上にある。敷地は、いちおう三重の鉄条網にかこまれてはいるが、収容所の敷地から脱走したところでどこへ逃げようもありはしない。ほかの惑星へおもむくには、一カ月に一度の定期貨客便を使うしかないのだし、惑星上に駐船している惑星間輸送船などないのだ。五万人をこす捕虜は、比較的自由に、収容所を出入りできる。農場や鉱山へ作業のアルバイトに行ったり、惑星上の唯一の都市であるエコニアポリス——安直なくせにごたいそうな名だ——に買い物に出かけたりする。基本的に夜間外出は禁止されているが、就寝時と起床時の点呼にまにあえばよいし、極端なところ、その間に収容所を出て、また帰れば、ことさら処罰されるようなことはない。もともと、同盟は、自由な民主社会のよさを知らせるため、という理由で、帝国軍の捕虜を厚遇してきた。財政的な条件から、そう気前のよいことをしてもいられなくなったが、現在でもけっして捕虜の待遇は悪くない。〝同盟軍の下級兵士よりましだ〟というのは、あまり性質《たち》のよくない冗談であろうが。

名ばかりの宇宙港から収容所まで、地上車《ランド・カー》で一時間を要した。収容所の門から、所長室のある本部まで、さらに地上車《ランド・カー》で一〇分。玄関から所長室まで徒歩と待機を五分ずつ。ようやくヤンは上司である所長と対面することができた。

「ヤン・ウェンリー少佐です」

「よろしく、私はバーナビー・コステア大佐だ」

自由惑星同盟軍《フリー・プラネッツ》において、佐官の定年は六五歳である。コステア大佐は、その寸前にいるようにヤンの目には見えたが、実際は五九歳ということだった。ヤンにとっては父親にあたる世代である。コステア大佐は、黒褐色の布に白い糸をひとつかみ放り投げたような短い頭髪と、おなじ色調の硬い口髭と、わずかに目尻がさがった茶色の目をもつ中年男で、ヤンの目には、ややかたくるしそうな印象が焼きついた。もっとも、あくまでもヤンから見ての話であって、ヤンの目に〝だらしない〟と映るようでは、軍人としては問題がありすぎるだろう。

ヤンの視線が、デスクに着いたコステア大佐の頭上に固定した。一枚の大きな写真が、額《がく》にいれられて壁面に飾ってあった。それは〝七三〇年マフィア〟のひとり、〝行進曲《マーチ》〟と冠詞をつけられるジャスパー提督の肖像写真だった。ヤンの視線に気づいて、コステア大佐はおもおもしく点頭した。

「そうだ、私は若いころ第二次ティアマト会戦に参加した」

べつに不思議なことではない。あの会戦に参加して生き残った者は何百万人もおり、その後死亡した者を除いても、数多いのだ。ただ年齢的には、当時最年少であった者も、六〇歳に達しようとしているはずであった。コステア大佐がまさにそれであった。

ヤンの視線を、肖像写真の主は、静かにうけとめた。第二次ティアマト会戦当時の肖像であることは、軍服の胸の階級章で判明する。若く、するどく、精悍で、闘志と生気にみちた〝行進曲《マーチ》〟ジャスパー、当時の中将。僚友たちとおなじく不遇な晩年を所有せざるをえなかったジャスパーにとって、第二次ティアマト会戦のころがもっとも精彩にみちた時期であったかもしれない。

コステア大佐は目を閉じ、回想の小波《さざなみ》に身をゆだねるようだった。

「私はあの行進曲《マーチ》ジャスパーの下で戦ったのさ。専科学校を出たばかりの一六歳で、最年少の兵士だった。ジャスパー提督に声をかけられたときの感激をいまもおぼえている」

ミリアム・ローザスの発言を、ヤンは思いおこした。真実と事実の差。それはむろん善悪の差ではない。どちらをより貴重なものと思うか、それは各人の自由であるはずだ。基本的には。問題は、Aという人間の真実と、Bという人間の真実とが衝突して、一方が他方を不当に侵害するという場合だ。たとえば権力者や、それに媚《こ》びる者の歴史観が、市民におしつけられれば、それは銀河帝国のような社会を生むことになる。

コステア大佐は、専科学校を卒業して四三年、〝閣下〟と呼ばれる身分の直前にまで出世した。少佐に昇進したのは四六歳のときであるという。二一歳でまちがって少佐になってしまったヤンとしては、コステアの労苦を思いやって、つい赤面したい気分である。まったく、ヤンは、どさくさにまぎれて結果的に出世してしまった自分自身を、再発見する思いだった。だが、それはそれとして、話のついでに尋ねてみる。

「ブルース・アッシュビー提督というのは、どういう人でしたか」

ヤンの問いかけに、コステアは、真剣な表情で首をかしげて考えこんだ。

「そうだな、まあ神さまみたいなものだった。あの人は批判とか批評とか、そんなものの対象になる人ではなかったな」

信仰するだけだった、というのが、コステア大佐の印象であり、それはヤンにとって、納得できる見解であった。

収容所長コステア大佐は、一兵士の回想を過去の領域へおしやった。彼と年齢は三八もちがうくせに、階級はふたつしかちがわない新任の部下に、いろいろと教示しておく事柄があったのだ。いかに高名な〝エル・ファシルの英雄〟であれ、士官学校を卒業して一年半にみたぬ青二才であり、捕虜収容所の運営については無知無経験なアマチュアのはずであった。二、三、型のごとき注意をあたえたあと、大佐は、やや表情を変えた。

「捕虜たちのなかには、自治組織がある。知っているな、少佐」

「はあ、知っております」

たんに、〝自治委員会〟と称されるそれは、皮肉なことに、惑星エコニアにおいて最大の社会的団体である。同盟軍の兵士数は、捕虜たちの一五分の一でしかない。力ずくでおさえつけることは、物理的にも不可能である。収容所六〇年の歴史で、大規模な捕虜の暴動は、五二年前に一度生じただけであるが。

「五万五四〇〇人の捕虜がいっせいに蜂起したら、三六〇〇名の兵士ではどうにもならん」

「なりませんねえ」

「ヤン少佐は、ひとりで一五人の捕虜を殴りたおす自信があるか」

「まったくありません」

「では捕虜たちとうまく折りあっていくことだ。弱みをみせる必要はないが、力ずくで制圧できんとあれば、万事に、自治委員会の協力をえられるよう努《つと》めることだな」

ケーフェンヒラー大佐という人物が、自治委員会の長であるという。ヤンは意外に感じた。

捕虜たちの組織というものは、士官と非士官とに分割され、非士官が実権をにぎる場合が多いと聞いていた。それが、惑星エコニアにおいては、士官も下士官も兵士も、ひとつの団体に統一され、大佐がその長であるのだ。将官の捕虜は、エコニアの収容所にはおらず、最高位はすなわち大佐である。エコニアの収容所内においては、帝国軍の階級制度が、そのまま異域にあっても生きつづけているのだろうか。それとも、ケーフェンヒラー大佐個人に、よほどの指導力と人望がそなわっているのだろうか。ヤンは興味をいだいたが、その点についてコステア大佐の説明はなかった。

所長室を出たヤンに、不完全ながら事情を説明してくれたのは、パトリチェフ大尉である。ケーフェンヒラーという人物は、収容所内で何目もおかれているようだった。

「第二次ティアマト会戦で同盟軍の捕虜になって、以後ずっとこの収容所にいるんだそうです」

「四三年間も……?」

ヤンの人生の二倍におよぶ期間である。捕虜となったとき、ケーフェンヒラー大佐は二八歳であり、現在はすでに七〇歳をこしている計算になる。

「この収容所の主《ぬし》みたいなものですよ。収容所長は一〇代ほど代がわりしましたが、ケーフェンヒラーの爺さんは、ずっと居すわってるんですからね。むろん、現在《いま》の所長だって頭があがりゃしません」

パトリチェフ大尉の話によると、ケーフェンヒラー老人は、銀河帝国においては男爵家の当主であったそうだ。本来、武門の人ではなく、文官の家門であった。かつてのケーフェンヒラー青年も、何代めかの皇帝の名を冠した大学で行政学を修め、帝国政府内務省の官僚となったのだという。三〇歳前後で一惑星の知事ともなりえる地方行政官の出世コースにのったのだが、いきなり文官職を棄《す》てて軍隊入りしてしまった。幹部候補生をへて少佐に任官したとき二五歳、一年後に中佐に昇進し、さらに大佐として〝第二次ティアマト会戦〟に参加した。それが彼の人生の分岐点となった。なにかよほどの事情があるものと推察される。パトリチェフは、つぎのように、彼の話をしめくくった。

「帝国の貴族さまというのも、あれでなかなかたいへんなようですなあ」

## Ⅱ

ヤンがあてがわれた部屋は、居間兼書斎と寝室とバスルームからなっており、居間兼書斎の床面積は二〇平方メートル、寝室のそれは一二平方メートルという見当であった。居間兼書斎にはライティングデスク、コーヒーテーブル、リビングボード、いくつかの椅子。寝室にはベッド、ナイトテーブル、ワードローブ。最低限度の家具はそろえられている。部屋に個性があらわれるのは、住人の生活があるていど時を経過してからのことであろう。現時点で殺風景であるのは、やむをえぬ。

「半年間よろしく」

ヤンはそう部屋に、あるいは部屋の先住民である妖精なり幽霊なりに、あいさつしてみた。あるいは半年ですまないかもしれないが、そのときはあらためてあいさつしなおせばよいであろう。〝枕が変わると眠れない〟という精神的傾向はヤンにはなく、ヤンに軍人としての適性があるとすれば、それがほとんど唯一の素質であった。すくなくとも屋根と天井のある部屋で眠れないというのでは、転勤をかさねる独身士官はつとまらない。これは職業適性の問題であって、たとえば閉所恐怖症の人間であれば、単座式戦闘艇の狭いシミュレーション・マシンのなかで恐慌状態におちいることがある。

ヤン・ウェンリー少佐は、どうやら環境順応性が低いほうではなさそうだった。

「ここでこのままのんびり退役まですごしてもいいなあ」

競争的向上意識というものにとぼしいヤンは、そういうことまで考えた。きびしい現実をいまだに知らないからこそであるが。

ヤンは少佐どのであり、身辺の世話をするために従卒がつく。あまり口やかましくない人がいいなあ、と思っているヤンの前に姿をあらわして敬礼したのは、チャン・タオ一等兵という人物であった。

「従卒ひとすじで三五年です。おかげで人を撃ったり撃たれたりせずにすみましたんです、はい」

言葉づかいも、兵士というより安宿の番頭さんという印象である。チャン・タオ一等兵というその人物は、つややかな卵型の頭をもつ中背の初老男であった。ヤンとことなった意味で、軍人には見えない。一等兵の給料など高額であるわけはないが、それほど金銭の使途《つかいみち》があるわけでもなく、勤続三〇年で恩給もつくようになったので、生活にこまることはまったくないという。給与と恩給とを合計してどれほどの金額になるのか、問おうとしてヤンはやめた。他人の、それも部下の経済事情を興味本位に問うのは、高尚な行為ではない。なおかつ、万一、その金額がヤンの給料をうわまわっているとしたら、おたがい、あいさつにこまるというものである。

そんなことより、ヤンは年長の従卒に頼んでおきたいことがあった。あまり室内をかたづけすぎない、ということである。

「できれば、もうすこし散らかしておいてほしいんだ。そのほうが、なんというか、私は気分がおちつくので……変かな」

「変ですなあ」

遠慮のない評価がくだされた。

「ですが、そういう上官は、以前にもいらっしゃいました。男爵《バロン》ウォリス・ウォーリック提督も、そういう方でしたよ。いや、印象深い方で、お世話できて光栄でした」

さりげなさそうな一言に、素朴な自慢がこもっている。ヤンは内心でおやおやと思った。首都ハイネセンを遠く離れても、ヤンは、七三〇年マフィアの影から逃がれることはできそうになかった。

「ウォーリック提督は名将だったそうだね」

ヤンが水をむけると、チャン一等兵は、若い少佐の表現力の貧しさをあわれむような表情をつくったが、つつしみ深く、それを打ち消した。

「はい、さようでございました。それはもう、あの方は名将という呼称にふさわしい方でした。人間としてもごりっぱで、私のような者にも親切にしてくださいました」

言葉を切って、小さくせきをする。

「まあ、その、神ならぬ身で、いささかきざなところもおありでしたが、多くの長所にくらべれば、ものの数ではありませんでした」

「晩年は不遇だったね、あの人は」

さりげなくヤンが水をむけると、従卒ひとすじ三五年のチャン・タオ一等兵は、ため息をついてその不快な事実を認めた。

「あれだけ偉いお方でも、周囲の人間すべてを感化なさることは不可能でした。あまり下品なことを申したくはありませんが、ウォーリック提督の周囲には、ときどきろくでもない人間がおりましたな」

〝男爵《バロン》〟は人を見る目がなかったということかな。やや意地悪く、ヤンはそんなことを考えた。もっとも、だからといって、ヤンは自分に人を見る目があるなどと思っているわけではない。それほどえらそうなことをいえる立場ではなかった。

「コーヒーをおいれいたしましょうか、少佐どの」

「ありがとう、だけどコーヒーでなくて紅茶がいいな」

「かしこまりました」

チャン・タオ一等兵が出ていくと、ヤンは椅子に腰かけ、テーブルに行儀悪く両脚を投げだして考えこんだ。

たったひとつの会戦に参加した人間たちの数だけ、彼を主人公とした演劇が存在する。第二次ティアマト会戦に参加した〝七三〇年マフィア〟の面々にかぎってもそうである。老残の身を寒風にさらし、〝いっそあのとき戦死していれば〟と思う者もいたであろう。

ところで、先《せん》だって故人となったアルフレッド・ローザスには、元帥号が贈られるのだろうか。ローザスが元帥になれば、〝七三〇年マフィア〟の面々は、全員が元帥ということになる。士官学校の一学年で七人の元帥が誕生するのは、自由惑星同盟軍《フリー・プラネッツ》の歴史上、空前のことである。そしておそらく絶後のことだろう。ひとりの元帥も生まない学年のほうがはるかに多いのだ。たとえば、七二九年卒業組も七三一年卒業組もそうで、彼らにはさまれた学年の声価にくらべて影が薄いのは気の毒なことであった。

人類が宇宙空間に進出を開始した時期、その最初の時期には、しばしば隊員どうしの感情的対立がけんかざたに発展し、殺人事件にまで発展する例が続出した。それが急減というより、ほぼ消失したのは、少数ながら女性隊員を配置する体制が確立して以後であり、男性の情緒と組織運営の円滑化にあたえる女性の影響がいかに巨大なものであるか、人類は思い知らされたわけであった。

惑星エコニアにも女性がいる。収容所の内にも外にもである。地上車《ランド・カー》の座席で、パトリチェフが何気なくヤンに問うたものだ。

「少佐が惑星エコニアに行く、と聞いて、行ってはいやだと泣いたご婦人はいなかったのですか」

「いなかった」

あっさり答えて、ヤンは内心でかるく舌打ちしたものだった。二一歳で独身で〝エル・ファシルの英雄〟などと呼ばれても、恋人がいないのは事実である。ヤンもいちおう健全な男性だから、恋人がいればいいなあ、とは思うのだが、比較すると、本でも読んでいたほうがいいや、ということになり、身辺はいっこうに華やがないのであった。

「エコニアにも美人はいますよ。ヤン少佐はお若くて地位も名声もおありだし、女性兵士たちが放っておかんでしょう」

「そうかなあ。ハイネセンでもけっこう条件はよかったはずだが、いっこうにもてなかったけどね」

会話しつつ、いまさらのように気づく。パトリチェフはヤンより五歳年長なのだが、ヤンは彼にたいして目下《めした》にむけた言葉づかいをしている。むろん階級が上だからだ。

軍隊という組織のありように、いくらかは順応してしまったのかもしれない。上官にたいして敬礼する。階級が下の者から敬礼をうける。違和感が薄紙のように感覚にすべりこんでくるにしろ、その違和感じたいに慣らされてしまった。まあ、いちいち、〝私は貴官より年下だから、貴官から敬礼をうけるのもおかしなものだが、軍隊は階級社会だからぜひもないことだ。おたがいに組織の理論と形式を順守するしかないようだね〟などといってはいられないのはたしかである。

少尉に任官したころは、思えば気楽だった。最年少はすなわち最下級であったからだ。それでも年長の兵士にたいしては、目下にあつかうのがなんとなく気がとがめた。少尉任官から一六カ月後の現在、ヤンはすでに佐官で、この惑星で彼より上位にあるのは、収容所長と副所長だけなのである。

べつに希望してそうなったわけではなかったが、ヤン・ウェンリー少佐は、この貧相な収容所惑星において、最年少の重要人物《VIP》であった。士官食堂でも、よい席が用意される。よい席とは収容所長コステア大佐にちかい席のことで、じつのところこれはヤンにとってはうっとうしい。士官食堂が性《しょう》にあわなければ、エコニアポリスの街に出てもよいわけだが、まだここの生活に慣れていないこと、さらに収容所からの距離を考えると、出かける気分にならなかった。もともとヤンは美食家《グルマン》ではないから、味覚の点では士官食堂で不足はない。ただ、収容所長から三メートルしか離れていないテーブルでは、本のページをめくりながら紅茶をゆっくりすするという気分にはなれぬ。他人の目から見てどう映るかはともかく、ヤンは、自分ではそれほど神経が太くないつもりだった。

なにやら疲労して士官食堂を出たヤンは、廊下の隅で若い男女がささやくように会話する声を聴いた。男性兵士と女性兵士が、深刻な表情でなにか相談していたのだが、ヤンの靴音でさらに隅へと移動してしまい、彼らの姿は直接、ヤンの視線をうけなかった。他人の恋愛ざたをさまたげるつもりもなかったので、ヤンはそのまま自室へと歩き去ったのだが、押し殺したような男の声が、耳をかすめた。

「ふん、話したってむださ。士官学校出身のエリートさんに、下づみの兵士の苦労や心情《きもち》がわかるかよ！」

型にはまった発言だった。だが、批判がつねに独創的である必要もないであろう。軍隊組織という存在の愚劣さは、この種の類型的な批判が、ほとんどの場合、正しく的を射る、という点にある。この場合、ヤンという個人と、エリートという一般名詞とのあいだに横たわる亀裂の深さまでは、発言者の知るところではない。それを他者に理解してもらおうというのも高望みであろう。だいたい、〝死ね、殺せ〟と命令するがわの人間が、命令されるがわの人間に理解や共感をもとめるなど、不遜のきわみであるにちがいなかった。

同盟軍のなかにすら、階級社会の相克《そうこく》がみられる。帝国軍では、なおさらであろう。このエコニア捕虜収容所において、ケーフェンヒラー大佐なる老人の下で完全な秩序がたもたれているとすれば、相当に奇異であり、興味あることであった。

それにしても、帝国軍の兵士とはいえ、同盟軍兵士とおなじ、人類の子孫である。宇宙船どうしの戦闘であり、敵の流血が直接には見えないからこそ、戦えるのかもしれない。たがいに顔を見あい、表情を確認し、相手の背後に存在する人生や家族に想像をおよぼしたら、殺戮などできないのではないか。そう思うのだが、もしかしてそれは白兵戦に従事する兵士たちを誹謗することになるかもしれず、また、個人レベルでの情緒的な反戦意識だけで、戦争の全体像を測るのも危険かもしれない。とはいえ、もっとも単純で素朴な疑問を忘れると、戦争を美化する国家至上主義の毒に染められてしまう。やはり、〝おれとあいつがなぜ憎しみもないのに戦わねばならぬのか〟という疑問は忘れないでおいたほうがよさそうである。

それにしても、ヤンの思惟は、しばしば螺旋《らせん》状をなして回転し、結論へと直行しない。悪い癖だな、と思いつつ、いまさらそれを変えようもないし、と苦笑してしまうヤンであった。

## Ⅲ

ヤン・ウェンリーが、捕虜たちの自治委員会の長であるケーフェンヒラー大佐に対面したのは夕食後のことである。自室を訪れた若い参事官にたいして、七一歳のケーフェンヒラーは椅子にすわったままであった。

ケーフェンヒラー大佐どのは、ヤンの顔を見やって、沈黙の鎧《よろい》をぬぐかどうか、品さだめするようすである。やがて口を開いて、老貴族は、ゆったりとした明晰な帝国公用語を唇の間から流しだした。

「私がケーフェンヒラー。クリストフ・フォン・ケーフェンヒラーだ。おぼえておいていただこう」

仮に合格としておこう、というところである。尊大な老人だ、と思ったが、べつにヤンは腹をたてなかった。銀河帝国の貴族であり、二〇代で大佐になったような人物が、卑屈であったりしたら、かえっておかしいであろう。

「以後よろしくお願いします」

へたな帝国公用語でヤンがそう型どおりにあいさつすると、ケーフェンヒラー大佐は、たくみな同盟公用語で応《こた》えた。

「こちらこそよろしくな、エル・ファシルの英雄とやら」

ヤンはげっそりした。〝エル・ファシルの英雄〟という虚名は、これから一生ヤンについてまわるのだろうか。だとしたら、それとつきあい、共存していく方法を見いだすことが必要になってくるだろう。淡々として虚名をうけいれるには、まだまだヤンは修行がたりないというべきであった。

「ここの生活はどうです？」

へたな帝国公用語で、もう一度たずねてみる。返事はまたしても、たくみな同盟公用語だった。

「そうさな、まあ贅沢をいえば際限《きり》がないから、こんなものだろうよ」

この年齢《とし》になると、それほどほしいものもない。そういって、老人は笑った。笑いをおさめると、表情に苦みをこめたするどさがよみがえった。

「ただ、知的好奇心というか、知りたいことはいろいろある。私はこの土地に住みついて以来……」

住みつくという表現は、ヤンには、それほど奇異には思われなかった。

「住みついて以来、ずっと知りたいと思い、調べてきたことがある。ジークマイスター提督の亡命の真相についてだ。その資料をきみに頼むかもしれんな」

ヤンの黒い目に興味の光が宿った。

「そのジークマイスター提督という人は、大佐のお知己《しりあい》だったのですか」

「生きていれば一〇六歳になるかな。六〇年前だぞ、亡命してきたのは。私などと一世代以上ちがう」

「ではジークマイスター提督と一度でもお会いになったことはありますか」

「直接にはない」

そう答えたときの老貴族の表情に、ヤンは想像力を刺激された。祖国を離れて異国にある身はおなじでも、亡命者と捕虜とでは心境にちがいがあるのは当然だろう。だが、ケーフェンヒラーの表情には、それをこえたなにかがあるように思われた。

「もうひとつ、私が興味をもっているのは、ミヒャールゼン提督の暗殺事件だ。これは私がこちらに住みつくようになってから生じた事件だが、ミヒャールゼン提督は、私の直接の知己でな、なぜ彼が殺されたのか、ぜひ知りたい」

帝国暦四四二年といえば、宇宙暦《SE》七五一年にあたる。現在より三七年前で、第二次ティアマト会戦の六年後だ。銀河帝国政府の軍務省の高官であるミヒャールゼン提督という人物が暗殺された。犯人はついに逮捕されず、事件は迷宮の奥にしまいこまれた。ただ、銀河帝国において、皇族・貴族・軍高官などがからんだ犯罪は、真相があきらかになる例のほうがすくないのだ。秩序をたもつうえから、犯罪捜査はおこなわれるし、犯人や動機も公表はされる。ただしその公表が正しいかどうかは、またべつのことである。〃これが真相だ〃といわれれば、それ以上の追求はできないのだ。

「ジークマイスター提督の亡命と、ミヒャールゼン提督の暗殺。私はもう七〇をすぎたが、このふたつの件にかんして真相を知ってから死にたいと思っとる。あるていどは調査も推理もしてみたが、まだまだ不完全でな」

「大佐がここへいらして以後のことについて、ほかにご興味がおありのことは?」

「ミヒャールゼン提督の件をのぞけば、それ以後の帝国内の事情は、私の知ったことではない。私は帝国貴族としてすごした年月を、とうにこの地で超過してしまった。だが、直接、利害がからまないだけに、かえって興味をそそられることもあってな」

「なかなかおもしろいお話ですね」

ヤンは考えこんでしまった。考えこむような場所でも場合でもなかったのだが。

「もうすこしくわしく話していただけませんか。私もお手伝いして、真相を知ることができればいいと思いますが」

「ほんとうに知りたいのかね?」

ケーフェンヒラー大佐の視線が、ヤンの表情をさぐった。彼の鑑識眼は、新任の青二才の参事官の裡に、なにかを見いだしたようであった。

「ふむ、それなら……」

「もっとくわしく教えていただけるんですか、大佐」

ヤンが期待の表情をしめすと、ケーフェンヒラー大佐は、頑固とも意地悪ともつかぬ表情をつくった。椅子にすわりなおし、脚をくみ、両手の指を腹の前でくみあわせる。

「他人に尋く前に、すこしは自分で調べるものだ。どうせきみなど、ここでは暇をもてあますに決まっとる。私のいったことが真実かどうか、やる気があるなら調査してみたまえ」

「では、そうしましょう」

素直にヤンは言った。ドアの外で、ノックする音がしたのは、対面の時間が終わったことを告げているのだろう。敬礼ひとつを残して、ヤンは大佐の部屋を出た。

どうも自分は老人《おとしより》に弱いらしい。そう考えて、ヤンは苦笑したくなる。故人となったアルフレッド・ローザス提督にたいしても追求が甘かった。もっとも、追求などする気は最初からなくて、自主的に話してもらえればありがたい、というところであったのだが。ミリアム・ローザスに語ったように、ヤンは、犯人さがしをする意思がなかった。まったく、これは出発点はともかく、知的好奇心の対象であるにすぎなかったのだ。ただ、ローザス提督が急死した直後に、ヤンが辺境の収容所惑星にとばされたことは、ヤンに想像の余地をあたえる。まだまだ、ほとんどなにも見えてはいないが、調査をすすめるにしたがってさまざまな情景が見えてくる、というのがヤンは好きだった。

収容所内の一画に、士官用の図書室があるというので、さっそくヤンはそこを利用することにした。無人の部屋で広大なテーブルを占領していると、パトリチェフが顔をだした。

「少佐どの、調べものですか」

「うん、すこしね」

返答になってはいないな。自分でもそう思い、ややわざとらしくつけくわえた。

「参事官なんて、肩書だけで、とくに仕事があるわけじゃないからなあ。暇をもてあましてしまうよ」

こんな台詞は、キャゼルヌやアッテンボローにはつうじないが、初対面のパトリチェフには、あるていどの感銘をあたえたらしい。大きくうなずいて応えた。

「いや、少佐どののような英才には、こんな場所で閑職についてらっしゃるのは不本意でしょうなあ。ですが、すぐ、少佐どのにふさわしい重大な任務があたえられますよ。すこしの辛抱ですってば」

誰が英才だって？　そう思ったが、口にださないヤンだった。彼自身にはまぐれでも、彼に協力した部下たちにとっては、まぐれではすまないことだってあるだろう。

ふと、アッシュビー提督謀殺説の件を、ヤンは、パトリチェフ大尉に話してみる気になった。パトリチェフは信用に値する人物であるように思えたし、仮にヤンの観察眼が曇《くも》っていたとしても、よた話ですませることもできるだろう。そのていどの計算はヤンでもする。

ヤンの話を、パトリチェフは熱心に聞き、何度もうなずいた。ただ、当時の政治家たちがアッシュビーの謀殺を計画したのではないか、という仮説には同調しなかった。

「失礼ですが、それはありえんことでしょうなあ。ブルース・アッシュビー提督を謀殺するなんて、自分自身の首にロープをかけるようなものでしょう」

アッテンボローとおなじ、パトリチェフの意見だった。たしかにそのとおりだ、とはヤンも思う。ただそれはアッテンボローやパトリチェフの見解であり常識であって、当時の権力者たちには、べつの事情や必然的な理由があったかもしれない。もうひとつ、ヤンの興味と当惑をさそうのは、ケーフェンヒラーから聞かされた帝国内の奇怪な事件である。そのことも、ヤンは大尉に話してみた。

「なんだかとてつもなく複雑怪奇な光景が見えてきたような気がするんだが、どうだろうね、大尉」

ところが、パトリチェフは、気の毒ともおかしいともつかぬ表情で、若い上官を見やった。ややためらったあとで、大きな手をベレーにあてながら忠告した。

「少佐、それは頭から信じないほうがいいですぞ。あのケーフェンヒラーの爺さんときたら、新任の所長や参事官が来るたびに、おなじことを言って煙《けむ》にまいているんですから」

「すると、まるきりでたらめなのかい」

「そう断言もできんでしょうが、頭から信じこむのは危険ですて」

「ふうん……」

落胆しないでもなかったが、ヤンとしてはケーフェンヒラーの話をもっと調べてみるつもりである。帝国軍の老大佐がほらを吹いているならそれでもいいと思った。

　不思議そうに、パトリチェフは、年少の上官をながめやった。

「それにしても、なぜそうも気にかけるんです？　事態がこうなったからには、アッシュビー提督のことなんか放りだしたところで、誰も文句はいわないと思いますよ」

「同感だがね、なんというか、その、この件についてそれなりの結論をださないと、宿題をやりそこねたような気がして」

　ヤンが説明にこまっていると、パトリチェフは納得した表情で、太い腕をくんだ。

「宿題、なるほど、宿題ねえ。それならわかります。かたづけてしまわんと、安心できませんなあ」

　いやに感銘をうけたようで、ヤンとしてはかえって奇妙な気分である。いずれにしても、ヤンには時間だけは充分あるはずで、それを有為に生かすも無為にすごすもヤンしだいであった。〝時間をむだにしない〟という思想はヤンにはないので、ぼうっとしているあいだに気がむけば、ということになるだろう。短距離競走とマラソンとでは、おのずと、それぞれの種目にふさわしいリズムとスピードがあるはずであった。

　ヤンはそう思っていたのだが、現実のほうがヤンに歩調をあわせるべき理由もない。思いもかけぬ事件がヤンの襟首をつかんでマイペースの寝床からひきずりだしたのは、その夜のことであった。

# 第六章　捕虜と人質

## Ⅰ

　その夜半、ヤン・ウェンリー少佐が夢の苑《その》からおいだされたのは、枕元のインターコムがするどい呼出音《コール》で彼の耳をひっぱったからであった。わかったよ、うるさいなあ、他人の恋と睡眠をさまたげる奴は祟《たた》られるぞ。意識の隅で、ヤンはそう返答する。ヤンの眠りは、長くて深くて、彼が所有するもののなかで贅沢なものは、これだけである。王侯でもできないような睡眠であるのだが、目をさませばたんなる宮づかえの現実が待っている。

　睡魔の靄《もや》がかかった目で時計を見ると、三時一七分である。あと一万二〇〇〇秒ほどは現実と再会せずにすんだはずなのに、と思ったとき、つい彼はインターコムにこう返事してしまった。

「もしもし、こちら葬儀屋……」

　口にしてから、しまったと思った。彼を呼びだした相手がコステア大佐であったら、さぞ心証を害したことであろう。だが、さいわいにして、相手はおかたい上官ではなかった。

「ヤン少佐、すぐに中央管制室へいらしてください。銃を携行なさったほうがよろしいかと思います」

参事官補のパトリチェフ大尉であった。ヤンはあくびの大きな塊を咽喉の奥におしこんで、声をひそめた。

「脱走事件でもおきたのかい」

「よくおわかりですな」

「……子供のころから想像力過剰だといわれてたんだ」

「それでも少佐が想像しておられない条件がひとつあります」

「所長が人質になったとか？」

今度の答案は九〇点というところだった。所長の上に〝副〟の字がついたのだ。副所長ジェニングス中佐は、一年四カ月前に着任して以来、夜中の三時に所内を巡回する。全所内というわけには、むろんいかず、捕虜たちの居住棟のひとつをえらんでおこなうのだが、ただの一日も欠かしたことはない。それが今夜、東一七号棟を巡回中、捕虜の捕虜になってしまったのだ。

ヤン・ウェンリー少佐は、コステア大佐につぐ収容所のナンバー2である、わけではなかった。大佐と少佐のあいだには、中佐という階級があり、その階級に属する人がいる。エコニア捕虜収容所の副所長ジェニングス中佐がその人であって、年齢は三六歳、官僚的な才能からいえば、所長のそれをうわまわるであろう。かたどおりの人間関係からいえば、一兵卒からたたきあげた所長と、官僚的な副所長とは、心理的にも行動においても対立するものである。そして惑星エコニアの場合、この図式は、ほぼ現実に援用《えんよう》できるのであった。ジェニングス中佐の深夜巡回を、本人は勤勉と義務観の結果としていたが、コステア大佐にいわせれば、不眠症の中間管理職が、上司にたいするいやがらせのために自分の症状を利用しているだけにすぎない、ということになるのであった。第三者であるパトリチェフ大尉の表現によれば、〝心が泥水で洗われるような人間関係ですな〟ということになる。

「とんでもない惑星《ところ》に来たな」

とは、ヤンは思わなかった。かならずしも彼の好みではないが、第一夜から、新来者を退屈させないよう、がんばってくれる。そう他人事めいて考えたのは、なんといっても、ヤン個人に、捕虜の怨みをかうだけの時間も機会も、まだあたえられていなかったからである。怨まれてるなら所長だろうな、と、いささか無責任な想像をヤンはめぐらせた。コステアは無能な人間とは思えないが、温厚で気前のよい人物とも考えられず、規則や権限を楯にして、捕虜たちのささやかな希望をすりつぶしてしまう傾向があるのではないか。意図的というより、結果としてだ。まじめで忠実な人間にありがちのことである。

ヤン・ウェンリー少佐が中央管制室にあらわれたのは三時二八分。「遅い！」と叱られるべきところであったが、コステア大佐は、緊急事態を前にして、よぶんな件にエネルギーを割く気はなさそうだった。ヤンをモニター・スクリーンの前に呼びつけて短く説明する。

「脱走劇に参加している者は、いまのところ八〇名というところだ。だが、今後いくらでも増える可能性がある」

最大限七〇〇倍に膨張する可能性があるということだな。ヤンはそう計算した。あまり心娯《たの》しくない計算だった。コステア大佐のうなり声が、ヤンの計算をしめくくった。

「どうも、とんでもないことになったようだ」

過不足のない表現だ、と、ヤンは思った。昼間コステア大佐が言っていた。〝所員ひとりに捕虜一五名〟という計算である。この計算を援用すれば、今夜の脱走劇は、所員五人で鎮圧してしまわなくてはならない。ふと心づいて、ヤンは尋ねてみた。

「影の帝王ケーフェンヒラー大佐どのはどうしていますか？　彼が脱走計画者たちを説得してくれるのではありませんか」

コステア大佐は、〝不機嫌〟というタイトルの絵のモデルになったように見えた。声もまた、上機嫌の対極にあった。

「ケーフェンヒラーがあの建物のなかにいるのだ！　脱走者どもの人質にされておる」

それはなんともはや、と、心のなかでヤンはお悔みを述べた。三時三九分、ヤン参事官とパトリチェフ参事官補は、管制室を出る。赤外線ゴーグルをかけて、東一七号棟のようすを直接さぐりに出かけたのである。パトリチェフが広くて厚い肩をすぼめるようにしてみせた。

「しかし、あの連中、収容所を脱出してどこへ行くつもりなんですかな」

「一万光年の逆長征を敢行するつもりかもしれないね」

「そんなことができると思いますか」

「二〇〇年以上前に、アーレ・ハイネセンという人は成功したらしいけど」

「二〇〇年来の快挙ということになると、私らも歴史に名が残りますかな」

「まぬけな敵役《かたき》としてね」

ささやきを停止して、ふたりは壁面に背中をくっつけた。東一七号棟のいくつかの窓に灯火がちらついているのが見える。人影がうごいた。ふたりが身を沈めようとしたとき、銃声がはじけた。

銃弾が壁にはねて、ヤンの頬から三センチほど離れた空間を通過していった。

事実を前にして推測を述べるのも間のぬけた話だが、さしあたりヤンはそう言ってみた。

「銃をもってるらしいな。それも暗視装置つきのやつを」

パトリチェフ大尉が太い舌打ちの音をたてる。

「どうやって入手したものやら。武器倉庫から盗みだしたのか、人質からとりあげたか」

「横流しという可能性もあるな」

ヤンが口にしたのは一般論だったが、それをパトリチェフは、この時この場の特殊論に援用したらしい。

「以前から噂はありましたがね、しかし……」

言いかけたとき、薄暗いなかから物音がひびいた。低いが激しい帝国公用語の会話が伝わってくる。ヤンとパトリチェフは、レーザーガンを片手に用心深く一〇歩ほど進んだ。赤外線ゴーグルに映ったのは殴りあいの光景だった。捕虜どうしの殴りあいだ。とびかう会話の断片から、ひとりが脱走さわぎに参加しようとし、もうひとりがそれに反対して収容所がわに報告しようとした、そういう事情がわかった。殴りあいは数秒間のうちに一方的な暴力行為となり、逆上した脱走希望者が、倒れた反対者の顔や身体を蹴ったり踏みつけたりしはじめた。そこでパトリチェフがレーザーガンをホルスターにおさめて進みでた。

「いいかげんにしたらどうだ、同胞なんだろう」

パトリチェフが言い終えないうちに、脱走志望者は音程をはずれた喚声を噴きあげた。大声をだすとまずいという判断すら失っているようだ。ヤンより大柄でパトリチェフより小柄なその男は、拳《こぶし》をかためると、パトリチェフのみぞおちに強烈な一撃をうちこんだ。

「よせよ、痛いじゃないかね」

力強いくせに悠然とした口調でそう言うと、パトリチェフは相手の手首をつかんだ。とくに力をいれたようにも見えなかったが、相手は咆えるような悲鳴をあげた。おだやかにそれを無視すると、パトリチェフは自分の手首をかるくひるがえした。帝国軍兵士の身体が、旧《ふる》い時計の針さながらに一回転するのを、ヤンは感心してながめた。パトリチェフ大尉であれば、ひとりで一五人の脱走兵をかたづけることも可能であろう。

「おみごと、大尉」

「いやあ、相手が弱いだけです」

パトリチェフの足もとで、脱走志望者が抗議のうなり声をあげたが、参事官補はそれに言葉では応えず、大きなげんこつで頭をなでてやった。脱走志望者は騒音をたてるのをやめた。

三時五八分、ヤン少佐とパトリチェフ大尉は医務室経由で中央管制室にもどった。ふたりの捕虜に治療をうけさせ、ささやかながら情報をえて、所長に報告に来たのだ。

「で、脱走者たちのリーダーはプレスブルク中尉というそうです。彼は所長どのが身代わりになれば、人質を解放するといっておりますとか」

「ばかばかしい！」

激しい口調であったが、主語が省略されていたので、非難の客体がヤンであるのか、ヤンが指摘した事実のほうであるのか、すぐには判断がつきかねた。おそらく、その双方であろう。

「どうすればよろしいでしょうか」

ヤンは尋ねた。彼がもとめたものは、所長の判断であって感想ではなかった。コステア所長は、即答をさけ、オペレーターに、プレスブルク中尉のデータを提出するよう命じた。端末機にうちだされてきたデータに、コステアはけわしい視線をとおし、

「ふん、貴族のお坊ちゃんか」

と吐きすてた。こういう場合、〝貴族の方でいらっしゃるのか〟という肯定的な反応は出ないものである。傍にたたずむヤンに視線を投げあげて、コステアは、いらだつ声をたてた。

「奴らはなにをたくらんでいるんだ。やることに脈絡がないじゃないか」

「小官もそう思います」

「…………」

　相手の真意を把握しそこねて、大佐は、ヤンの顔を見なおした。一見、悠然と、ヤンは収容所長の視線をうけとめた。この一見というところが、ヤンにたいする他者の印象に大きな影響をあたえるものだった。彼の指揮官としての名声が拡大するにつれ、この〝一見悠然〟が彼の伝説性を高める効果をもつようになっていく。だが、まだこの時期は、たんに〝ぼーっとした〟としか形容してもらえない。

「ぼーっとしとらんで、なにか意見を言ってみたらどうだ。貴官は、令名高いエル・ファシルの英雄だろうが」

　脈絡がないのは所長の発言のほうだ、と、ヤンは思う。エル・ファシルで成功したからといって、エコニアでも成功するとはかぎるまい。両者の共通点はといえば、頭文字がEということだけである。ここで、自分の考えも脈絡がないことに気づき、ヤンは心をいれかえて提案してみた。

「ええと、とにかく交渉してみないことには、事態は進展しません。彼らがなにを望んでいるか問いかけて、夜明け以後に返事を……」

語尾は、けたたましい音響にかき消された。管制室の窓ガラスが割れくだけて、かなり高出力のレーザービームの棒が空間をないだ。殺人ビームはヤンのベレーの上、五センチ半の空間をつらぬき、壁面の一部にはじけた。

「大丈夫かね、ヤン少佐」

「ええ、まあなんとか」

とっさに機知に富んだ返答を考えつかなかったので、ヤンは平凡にそう答えた。コステア大佐はマイクをつかんでどなった。

「東一七号棟を占拠している帝国軍の兵士たちに告ぐ。貴官らはなにを要求するのか。これからケーフェンヒラー大佐をそちらへやるから、彼と話しあってくれ」

ケーフェンヒラーの名をだしたのは小細工だが、効果はあった。マイクごしの声がかえってきた。

「ケーフェンヒラーなどに用はない！」

それが返答だった。自治委員長の名を呼びすてにするあたり、占拠者たちの心情があきらかだった。

「ケーフェンヒラーは帝国軍人としての矜持《きょうじ》を失って、みじめな現状に甘んじている負け犬だ。自分ひとりが負け犬になっているならともかく、他人までそのように悪く感化するとは、とうてい赦せぬ。奴と語りあう言葉などない！」

パトリチェフ大尉が、名演説に感心するそぶりをしてみせた。

「どこにでも反主流というのはいるものですなあ。ケーフェンヒラーの爺さんも、ああなってはかたなしだ」

若い声だ、と、ヤンは印象づけられた。プレスブルク中尉という人物は、士官学校を卒業して間のない青年であろう。ヤンと同年輩の。それにしても、プレスブルクの返答が証明しているのは、あの建物のなかにケーフェンヒラー大佐がいることを、脱走志望者たちが知らずにいる、という事実である。知っていて演技をする必要などありえない。もし事実を知れば、彼らは、ケーフェンヒラー大佐の身をおさえるであろう。捕虜が捕虜を人質にするというのは滑稽に思えるが、ケーフェンヒラーの存在は、敵味方の双方にとってそれほど大きいのだ。

さらに二、三のやりとりがあって、コステア大佐は、ジェニングス中佐の身がわりになれという要求をはねつけた。プレスブルク中尉は要求を変えた。

「よし、所長が人質にならないというなら、別の幹部をだせ！」

順当な要求であったが、〝別の幹部〟たちにとっては迷惑な話であろう。管制室の士官たちは顔を見あわせた。困惑と、他者の心理をさぐるような表情とが、縞《しま》模様となって彼らの顔にゆらめいた。やがて、コステア大佐が、じつにわざとらしい声を、最年少の士官にむけた。

「ヤン少佐、いや、参事官、貴官にとってはだいじな決断だな」

「どういうことでしょう、所長」

「ここで決断をあやまれば、貴官の前途に傷がつくかもしれん、そういうことだ」

「はあ……」

べつに無傷の人生を送ろうというつもりはなかった。神経網にむずがゆさがはしったのは、相手の本心が見えすいているように思えたからである。

「すると私はどうしたらよろしいんでしょうか」

ことさらに反問したのは、むろんいやがらせである。コステア大佐の顔が、微妙な筋肉と皮膚のゆがみをしめした。口にだして、「私のかわりにきみが人質になれ」とは、さすがに明言できないのであろう。すると、警備主任でありながら右往左往してばかりのボーリイ少佐が黒いブラシのような口髭をふるわせて、〝通訳〟係をかって出た。

「ヤン少佐、貴官は参事官としての責務をはたすべきだ。捕虜どもは、とんでもない要求をだしているが、所長どのが人質になるわけにいかんだろう。だから……」

「貴官が人質になるというわけですか、ごりっぱですね」

おだやかにヤンはきりかえし、ボーリイを青ざめさせた。もっとも、ヤンは、この場合自分が身がわりになるしかないな、と思ってはいる。ただ、ひとこといやみを言ってやらねば気分がおさまらなかっただけである。彼は苦笑して肩をすくめつつ、身がわりになることを了承した。すると、大男の参事官補が申しでた。

「ヤン少佐、私も同行します」

「パトリチェフ大尉が、私につきあう必要はないよ」

「いや、少佐は私にとってたいせつなお人なんですよ」

パトリチェフは陽気に片目を閉じてみせた。

「これまで私はこの惑星で一番、三次元チェスが弱い人間でした。それが下から二番めになれたのは少佐のおかげです。うかうかとお別れするわけにはいきませんですな」

就眠前の三次元チェスで完敗を喫したことを思いだし、ヤンは複雑な思いにかられた。あれはパトリチェフの戦いかたのパターンを読めなかったから敗れたので、つぎはかならず勝つと思っているのだが、さて、どうなることか。ヤンのほうこそ、戦法を読まれてしまっている可能性が大きいのだった。

## Ⅱ

「参事官ヤン少佐と参事官補パトリチェフ大尉が人質になる。かわりに副所長ジェニングス中佐を解放せよ」

その通達がだされたとき、事情を知った同盟軍兵士たちのあいだに低いざわめきがはしった。

兵士たちは、レーザーライフルをかまえたまま、ひそやかに意見をかわしあった。

「おい、お前、どう思う」

「所長の奴、目ざわりなふたりを態《てい》よく人質にしちまったぜ。ヤン少佐は精神的に目ざわりだし、パトリチェフ大尉は肉体的に目ざわりなのさ」

「ヤン少佐は目ざわりか?」

「ふん、お前は想像力ってもんがないな。所長の奴、二一のときには下士官ですらなかったんだぜ。それがいっぽうは少佐どのだ。おもしろいはずがないさ」

兵士たちの会話は、ヤンやパトリチェフの耳にはとどかなかった。彼らふたりは、むろん武器をもたず、両手をあげて、脱走者たちがたてこもった東一七号棟へと歩んだ。武器のかわりにもっていたのは強化セラミック製の手錠である。

ふたりを迎えいれた脱走者たちは、まず、鄭重《ていちょう》に彼らの手首をその手錠で拘束した。

「殺しはせんさ、たいせつな人質だからな。虐待もせん。おれたちは名誉ある銀河帝国の軍人だ」

かたどおりながらりっぱな発言のあと、プレスブルク中尉は猜疑心をみたした眼光で、ヤンの顔をひとなでした。声が低く、危険なものになる。

「パトリチェフ大尉の顔は知っている。だが、もうひとりのほうは、ほんとうに少佐か。年齢にしても階級にしても、おれより上とは、とうてい信じられんぞ」

「階級章を見てほしい。身分証明書も」

ヤンの返答をおせっかいと釈《と》ったか、プレスブルク中尉は、眼光をさらに険しくした。

「いわれるまでもない」

吐きすてるように応じて、身分証を確認するよう仲間に指示する。たしかに少佐だ、という報告をうけてうなずいたが、仲間に見せられた身分証を自分の目でもういちど確認した。

「おい、ほんとうに成功するかな」

気の弱そうなひとりがプレスブルクにささやくと、皮肉まじりの反問が提出された。

「お前の見こみはどうだ」

「こういうときの脱走は、成功するものと相場が決まっているんだが……」

「そいつはすこしちがう。成功例だけが有名になるのさ」

「こいつも有名になるかな」

「有名にしてやるさ、おれたちの手でな」

プレスブルク中尉には、対話のセンスがあるらしかった。といって、気の弱い人間は、センスによって気が強くなるというものでもない。その男はプレスブルクと同年代の若い士官であったが、おずおずと、脱走集団からの離脱を申しでたのであった。これは弱気ではなく、たいした勇気であるかもしれない。

「故郷に帰って、また出征して、今度は戦死するかもしれない。それぐらいなら、ここにいたほうがいいよ。食うにはこまらないし、口うるさい女房もいないし……」

最後の部分でいっせいに笑い声がおこったが、どこか生気が欠けているように、ヤンには感じられた。あるいは先入観かもしれないのだが。この意見は、むろん、プレスブルクには歓迎されなかった。

「よし、わかった、臆病者に用はない。死ぬまでこの貧相な惑星で、みじめに残飯をあさっているがいいさ!」

侮蔑をこめて吐きすてると、プレスブルク中尉は、その士官に、部屋から出ていくよう命じた。

「ついでだ、ジェニングスをつれていけ。おれたち帝国軍人は約束を破らないということを、不逞な叛乱軍の共和主義者どもに知らせてやるんだ」

つれてこられたジェニングス中佐は、黄色っぽく光る目でヤンとパトリチェフをながめやったが、ふたりの視線に出会うと、さりげなさをよそおって顔をそむけた。自分ひとり解放されることがさすがに後ろめたかったようである。「お元気で」などと声をかけるのも妙なもので、ヤンは沈黙のうちに、去りゆく上官の後ろ姿を見送った。

ヤンとパトリチェフは、壁ぎわに腰をおろすよう命じられた。プレスブルクの背中に、巨漢の大尉は視線を投げつけた。

「不屈の闘志というべきですな。私でも、ついあの情熱にほだされて、帝国ばんざいととなえたくなりますよ」

皮肉を言っているのかもしれないが、あまり毒を感じないのは、パトリチェフの人柄だろうか。とにかく、この人物の存在はヤンに奇妙な安堵感をもたらした。

「ほだされないとしたら、どう考える？」

「そうですな。私としては、皇帝の聖恩をたたえないとひどい目にあうような社会より、役たたずの腐敗した政治家を公然と罵倒できるような社会のほうが好きですね」

「公然とね……」

「建前《たてまえ》としてはね。それだけでもたいしたものですよ。建前があれば、それをよりどころにして、お偉方を批判することができます。私は、建前を最初からばかにしている人を、どうも信用できなくてですな」

パトリチェフは頭をかこうとしたが、手錠をはめられているので断念したようである。

「えらそうなことを言ってすみません。ですが、まあこれが私の本心でして、それがなければ職業軍人になりはしませんよ」

「りっぱだね」

社交辞令でなく、ヤンはつぶやいた。パトリチェフを腕力だけの男と思ったら、人物鑑定眼の貧しさを証明することになるだろう。パトリチェフには理性と知性がそなわっており、それはするどいというより骨太なものだ。彼は民主社会の本質的な一面を正しく把握している。

たぶん、国家にも医師が必要なのだ。医師の義務は、病状を正確につかむことが、その最初のものであろう。社会の疾患や国家の欠陥にたいして目をつぶり、権力の腐臭にたいして鼻をつまむような人間が、医師になれるはずはない。そのような人間は、相手が腐るのに応じて、自分自身も腐っていくだけのことである。

だが、どのような名医も、患者を永久に生かしておくことは不可能である。ゆえに国家が滅びるのは必然である。放置しておけば短命に終わり、改革と自浄作用をかさねていけば長寿をたもつことができるだろう。永遠はありえない。永遠を望む必要もない。〝できるだけ長く、健康に〟というのが最大限の政治的願望であろう。ヤンはこれまで自由惑星同盟《フリー・プラネッツ》の政治や社会を彼自身の目で観察してきた。悲しむべき結論が、ヤンの体内に育まれつつある。建国の父であるアーレ・ハイネセンの理想は、ここ数世代の権力者たちによって歪められ変質させられつつある、という結論である。まだそうと決めつけているわけではないが、市民たち自身のほうにも、自主と自立をすてて他人からの命令や強制に甘んじる傾向がみられ、それがヤンの危機感をそそるのだった。

たとえそれが正しい道であっても、他者に強制されたり操られたりして歩むのは、ヤンはいやであった。これは彼自身の好みの問題であって他人に強制しようとは思わない。それはかなりグロテスクな矛盾を生じることになる。いっぽうで、他人に強制された道を喜んで歩むような人間と、親しくつきあう気になれないこともたしかである。

自分で好きな道を歩めば、穴に落ちても文句はいえない。文句をいうつもりも、ヤンにはない。ぼやきたくなるときはいくらもあるが、聖人ならぬ身であれば、このていどは許容してもらおう。

手首に光る銀色の手錠を、どことなく愉快そうに見つめていたパトリチェフ大尉が、本来大きな声を小さくしてささやきかけた。

「所長は私らを救出してくれますかな」

「まあ努力はしてみてくれるんじゃないかな」

ヤン・ウェンリーは有名人である。虚名ではあるが、いちおうエル・ファシル脱出行で盛名をえた英雄である。英雄という名詞の価値も下落したものだと思うが、それはともかく、ヤンをみすみす見殺しにすれば、コステア大佐は処理能力の不全さを問われることになろう。退役後の再就職にもかかわってくる。ヤンに怖い目をみせたあげく、救出して恩を着せ、かつ、たたきあげの実力を見せつけてやろう、という思考法をするのではないか、と、ヤンは推察していた。

「参事官とやら、お前はどんな武勲をたてた?」

プレスブルク中尉が、好奇というより検分するような視線と声をヤンにむけた。

「その若さで少佐というなら、それ相応の武勲を樹《た》てているはずだ。ちがうか?」

「ちがわんね。あんたらの国とちがって、わが国じゃ、血筋や家柄で出世する人間はいないんだ」

そう答えたのはパトリチェフである。プレスブルクの両眼にあきらかな角《かど》がたった。

「だまれ！　お前に尋いてはいない！」

ヤンをにらんで、プレスブルクはおなじ質問をくりかえした。ヤンはそれに答えた。べつに隠す必要もないことである。

「エル・ファシルという星系で、貴官たちの軍隊に攻撃された民間人を救出した」

「戦艦を一隻沈めたとか、敵の部隊をひとりで全滅させたとか、そういう武勲ではないのか」

「一度そういうことをやってみたいね」

心にない台詞だったが、このていどの反撃は許されてよいだろうと思う。プレスブルクは失望の態で、もう一度ヤンをにらんだ。彼は英雄的軍国主義の素朴な信奉者であるらしく、ヤンに、〝敵ながらあっぱれ〟というたぐいの武勲をもとめていたらしい。

「落胆させてすまなかったね。それで私たちを人質にして、これからどうするつもりなんだ、プレスブルク中尉？」

「お前たちを人質にして、恒星間宇宙船を一隻要求する」

「宇宙船でどこへ行くつもりだ」

「知れたことだ、祖国へ帰る」

「なるほど、歩いては行けんなあ。宇宙船がなくてはな」

感心したように、パトリチェフがうなずいたが、プレスブルク中尉は侮辱を感じたようであった。壁ぎわにすわりこんだパトリチェフの眼前に立ちはだかってにらみおろす。

「銀河帝国軍人を侮辱するような意図があったら赦さんぞ」

「べつに侮辱してはいないつもりだがね。あんたらのなかで宇宙船を操縦できる奴はいるのか」

「ひとりいる」

「機関士は？　航法士は？　通信士は？」

パトリチェフにたたみこまれて、プレスブルクは口ごもった。どうやら正直な男であるらしい。

「われわれは宇宙船と同時に、乗組員も五〇人ほど要求するつもりだ。それに三カ月ぶんの食糧もな」

「少佐、私らふたりは宇宙船一隻と乗組員五〇人と三カ月ぶんの食糧に匹敵する価値があるらしいですぜ」

「すごいね。だけど貴官と私とが一生稼ぐだけの給料で、宇宙船が一隻すら買えるとは思えないがなあ」

「この経済的行為にはどこか計算がちがっている点がありますな」

「やめんか！」

耳まで赤くして、プレスブルク中尉が人質どもの会話を中断させたとき、ドアの外でブザーが鳴りひびいた。プレスブルク中尉と同志たちが表情をこわばらせた。

「誰だ、そこにいるのは」

「私だよ」

その声には、異様なほどの存在感があり、プレスブルクはそれ以上の反問をせずにドアを開いた。ポケットに両手をつっこみ、悠然と入室してきた灰色の捕虜服の男は、ケーフェンヒラー大佐だった。

「なにをしにきた、ケーフェンヒラー！」

若い士官のうなり声を泰然《たいぜん》と無視して、七一歳の大佐は、ゆっくりとした歩調で部屋の中央に立った。壁ぎわにいるふたりの人質をながめやって愉快そうに口もとをほころびさせる。老人の視線の行手に立つと、プレスブルク中尉は疑問の声を糾弾のそれに変えた。

「お、お前は唾棄《だき》すべき奴だ。お前のやっていることは……」

「帝国軍人にあるまじき行為、帝国貴族にあるまじきふるまい、か」

気負《きお》ったようすもなく、型にはまったプレスブルク中尉の台詞をさきどりすると、ケーフェンヒラー大佐は、あいかわらず乱れぬ歩調で壁ぎわにちかづき、ヤンの傍にすわりこんだ。どなろうとするプレスブルクを、片手をあげて制する。

「老人がすすんで人質になってやろうというのだ。そうどなりなさんな。いずれゆっくり、たがいの思うところを語りあうさ」

あしらっておいて、視線をヤンにむけた。

「ところで、卿《けい》という人も変わってるな。私はこの収容所で一五人ぐらいの参事官に会ってきたが、卿がいちばん、私の興味をひく。いままでの連中は可もなく不可もないというだけだった」

「まだお会いして間もありませんが、それでもですか」

「一度会えば充分だ。むろん私は卿の全人格を把握したなどとうぬぼれるつもりはない。ただ、興味をいだくにたりる人物らしい、とそう評価しているだけでな」

「それはどうも……」

ヤンのほうでも、ケーフェンヒラー大佐に興味をいだいているが、あえてそれは口にしなかった。起きて寝室を出るときにカフェイン錠剤を服用したこともあるが、いっこうに睡魔の誘惑がない。生命の危険が至近の位置にあるのに、それをうわまわる興味と関心が、ヤンの身心を活性化させていた。このさき、自他の境遇がどう変化するか、楽しみですらある。

「……私は内務省の官吏として、平凡な一生を送るつもりだった。とくに専門が地方行政だったからな、辺境の惑星の知事職を転々として生涯を終えても、悔いるところはなかった」

そうケーフェンヒラー大佐は語りはじめた。過去の人生を語る相手として、彼がヤンをえらんだ理由は、ヤンにはわからない。たぶん、どう説明されても、〝そういうものか〟と思うしかないことだった。しいて尋ねようとは思わなかったし、ケーフェンヒラーのほうでも説明する意思はなさそうだった。

四八年前、当時二三歳のケーフェンヒラー男爵は妻を失った。生別であった。円満に離婚したのではない。ごく平凡に、つりあった家門どうしで婚姻が結ばれたのだが、彼は夫として妻を愛し、誠実をつくしていたつもりだった。その妻が、

「わたしは自分の正しい運命を見いだしました」

と言って離婚を申しこんできたのは、結婚の一年後である。愛人ができたのだった。相手は伯爵家の次男坊で、貴族出身の建築家として名が売れはじめていた青年であった。

「あなたと結婚したのはわたしの誤りだった」

と妻は言い、

「おたがい正しい運命を歩もう。悪あがきしてもみっともないだけだ」

と愛人は言った。困惑し混乱しつつも、ケーフェンヒラーは離婚を拒絶した。妻は彼を「身勝手だ」とののしり、愛人のもとにはしった。伯爵家の当主は、貴族社会の秩序と、息子にた

いする溺愛とのあいだでこまりはてた。ケーフェンヒラーのもとに、二〇〇万帝国マルクの慰謝料の小切手を送ってきたが、ケーフェンヒラーはうけとることを拒んだ。伯爵家は、手をひくことを宣言し、成人した男女間のことだ、として、ケーフェンヒラーの抗議をつっぱねた。さらに、内務省に手をまわして、ケーフェンヒラーを辺境にとばそうとした。最初から辺境まわりを覚悟していたから、ケーフェンヒラーは屈しなかったが、愛人と同棲した妻が出産したと聞いて、気がくじけてしまった。

「そのころは、世の中に絶望することができるほど私は若かった。死ぬつもりで私は軍隊にはいった」

大佐は言葉をきり、室内に沈黙が羽をひろげた。

「ところがどうだ、おめおめと生きているではないか。若い日のいさぎよさはどこの次元に置き忘れてきた？」

ややあって、プレスブルク中尉が悪意をこめて批判したが、ケーフェンヒラー大佐は動じる色もなかった。青二才の批評など痛痒《つうよう》を感じぬ、というところであろうか。だが、幾分かの変化はあり、大佐は自嘲に似た表情で口もとをゆがめた。

「だが捕虜になってみて、私の熱病はさめてしまった。私にはこれ以上、彼らを喜ばせてやる義務はなかった。で、私は、生きつづけてやろうと思ったのだ。私が生きていれば、それだけで彼らの禍《わざわい》になる」

頭をふった。なにかを払い落としたがっているように。

「いやな発想だ、自分でもわかっている。だが、私が生きている以上、妻は正式に結婚することはできないし、生きているという事実を知らせることによって、私は故郷につながることができるのだ。それに、まあ、生きていれば、他人を助けることも、ときにはある」

ケーフェンヒラー老人は、気分と表情を切りかえてヤンにたいした。

「さて、現在の情況がどうなっているか、いささか裏面について知らせよう。まずおさえておきたいのは、コステアの思惑だ」

収容所長のコステアが、収容所の予算を幾年にもわたって横領している。それがケーフェンヒラーの語るところだった。

「この収容所の金庫には、小さなブラックホールがあいておってな、使途不明の金銭がコステアのポケットに流れでておるのさ」

「どのくらいの量です?」

「そうさな、私の知っておるところでは、これまでに三五〇万から三六〇万ディナールというところだ」

「はあ……」

小市民のヤンには想像しづらい金額だった。

「コステア大佐が退役のとき正式にうけとる退職金は、三〇万ディナールというところだろう。

なかなかどうして、コステアの商才は軍人にしておくにはおしいて」

老大佐の語尾に、にがにがしげなプレスブルク中尉の怒声がかさなった。

「さっきからうるさいぞ。お前らは人質なんだ。人質のマナーを守れ！」

プレスブルク中尉は、貴族の子弟らしい上品げな容姿の青年である。それが軍隊のマナーとして学んだことは、頭ごなしに他人をどなりつけることであるらしかった。ただ、手錠をはめられた人質にたいして暴力をふるおうとはしないところが、この青年にとっては、騎士道精神の発露であろうと思われ、ヤンは自分と同年輩の帝国軍士官に、悪意や反感をいだかなかった。ただ、奇妙な疑問がヤンの胸にわだかまっており、プレスブルクを見るヤンのレンズを完全に透明にはしなかった。この男は、さっきからあらたな行動をおこさず、なにかを待っているのだろうか。

「それで大佐どの、私はこの演劇《しばい》のなかで、どういう役割をあたえられるのです？」

「エル・ファシルにつづいて、ヤン少佐はエコニアでも英雄になるわけだ。ただし生きた英雄ではなくて死んだ英雄だ」

プレスブルクの怒声も、彼らの声を低めさせただけであった。パトリチェフが問うた。

「私もヤン少佐といっしょに英雄ですか」

「パトリチェフ大尉は気の毒だが、英雄にはなれん。卿《けい》にあたえられているのは、べつの役割だ」

ケーフェンヒラーはそれ以上語らず、ヤンが質問のかたちで語をおぎなうことになった。

「パトリチェフ大尉が、金庫にあいたブラックホールの製作責任者ということになるわけですね」

ヤンが言葉にしてそう事態をまとめると、パトリチェフ大尉は憮然とし、太い身体にふさわしい太いため息をついた。

「あまり嬉しくありませんなあ。公金横領犯フョードル・パトリチェフここに眠る、なんていう墓碑銘はごめんこうむりたい」

「ま、大きな社会には大きな不正があるし、小さな社会には小さな不正があるものさ。たかが辺境の収容所惑星でも、権力が存在すれば、それは存在した瞬間から腐りはじめる」

老いた大佐の声を聴きながら、ヤンは、プレスブルク中尉の姿に視線をむけた。プレスブルクの脱走計画は、衝動的で、きわめて粗雑であるようにみえる。だが、その根底には、ヤンの知らない地下茎が張りめぐらされているのではないか。そういう気がしてならないのだった。

「……でまあ、夕べ卿に話した件、ジークマイスターとミヒャールゼン、両提督の件だが」

いつのまにか話題が変わっていた。

「ジークマイスター提督の亡命と、ミヒャールゼン提督の暗殺、この両者には、あいだをつなぐ一本の橋があるのだ」

「それを大佐どのが発見なさったと?」

「隠されているのを見つけだした、と思ってはいるがね」

　ここでヤンはすこし外交的な小細工をしてみせた。

「ですが、いずれにしても帝国内部のことですね。同盟の人間である私にとっては、しょせん他人ごとですが」

「ではブルース・アッシュビー提督の謀殺説はどうかな。これなら充分に興味があると思うが」

　どうもこの老人には対抗できないな。ヤンは劣勢を認めざるをえなかった。彼は、手錠をはめられたままの両手をかるくあげてみせた。

「大佐どのは、いったいなにをご存じなんですか」

「銀河帝国と自由惑星とにまたがる大陰謀さ。立体TV《ソリビジョン》のドラマであれば、〝一万光年の陰謀〟とでも名づけるところだろうな」

　ケーフェンヒラー大佐が笑うと、それをはるかに凌駕する声量で、プレスブルク中尉が嘲弄した。

「そんな大陰謀を、こんな貧弱な辺境の収容所にいるお前が、どうやって突きとめることができるんだ。しかも、何十年も昔のことじゃないか」

「時や場所は関係ない。いくつかの資料と、まともな推理能力さえあれば、真相を知ることができるのだ。事件の当事者以上に、はっきりとな」

ケーフェンヒラーの暗喩を、ヤンは理解した。プレスブルク中尉の表情を見やったが、たしかに当人はなにも気づいていないようであった。心のなかでヤンは肩をすくめ、ケーフェンヒラー大佐に尋ねた。

「ブルース・アッシュビー提督の死は謀殺だ、という投書を軍部になさったのは、大佐どのだったのですか」

その問いに、ケーフェンヒラー大佐が答えようとしたとき、彼らの視界がいきなり漂白された。半秒の時差をおいて轟音が鼓膜を強打した。熱と光、火と煙が、壁面の一部を吹きとばし、部屋の上半分を強風がなぎはらった。壁ぎわにすわりこんでいた人質たちは無傷だったが、立っていた脱走者たちの人数は幾人か減ってしまっている。もろに爆発の風圧をうけたのだ。

「どういうことだ、これは!?」

プレスブルクはわめいた。身体をおこすと、頭からも肩からも、建築材の破片や埃が落ちる。室内の各処から悲鳴やうめき声があがっていた。床にすわりこんでいたケーフェンヒラーが、頭をかかえこんでいた手をほどいた。

「コステア大佐が、いよいよ始めたらしいな。自分にとってつごうの悪い連中を、まとめてダストシュートに放りこむつもりらしい」

「私をやたらに放りこむと、途中でつっかえてしまいますぜ。考えなおしたほうがいいでしょうよ」

誰にともなく忠告して、パトリチェフが勢いよく両手をひろげると、音をたてて手錠がはじけた。

強化セラミックの手錠は、接合部分のみ電磁石になっており、時間が経過すれば、電流が切れて手錠がはずれるようになっているのだった。だが、思いいれよろしくパトリチェフが演技してみせたので、怪力無双の彼があたかも手錠をひきちぎったかに見えた。脱走兵のひとりが悲鳴まじりの声をあげ、レーザーライフルの銃口をむけかけた。パトリチェフが手近の椅子を蹴とばすと、その兵士は椅子を抱きかかえるかっこうで吹きとんだ。そのときすでに周囲は着弾音と煙につつまれ、くずれた天井の一部が、捕虜たちと人質たちの頭上に降りそそいでくる。

プレスブルク中尉が、私憤と公憤を化合させて爆発させた。

「コステアめ、なんという悪党だ。味方ごと、おれたちを消そうとするとは！　こうなればかならず生き残って思い知らせてやるぞ」

「コステアはおいつめられたのさ」

ケーフェンヒラーが薄笑いとともに解説した。

「小悪党が血迷ったというわけだ、おわかりかな、ヤン少佐」

ヤンは理解した。コステアは疑心暗鬼にかられたのだ。〝エル・ファシルの英雄〟とまで呼ばれる前途洋々のエリート青年士官が――とコステアは思っている――なぜこのような辺境の捕虜収容所へ流れてきたのか。ヤン・ウェンリーは秘密監察官としてコステアの不正を摘発するために惑星エコニアにやってきたにちがいない。そう思いこんで、コステアは、なかば自棄《やけ》の強引な手段に訴えてきたのだ。

「かいかぶられたものだなあ」

ヤンが歎声《たんせい》を発すると、ケーフェンヒラー大佐が人の悪い笑いを浮かべた。

「私もそう思うな。コステアはヤン少佐の背後に、軍部全体の影を見たというわけだ。後ろめたいところのある人間は、つねに影におびえ、過剰防衛の心理にかられるものだ」

パトリチェフが片手でベレーをおさえた。

「名講義ですがね、大佐どの、これからどうすればよいかご教示ねがえますかな」

「まあすべてはここから生きて出て、それからのことだな」

ケーフェンヒラー大佐は、頭や肩に落ちてきた埃や破片を払い落とした。彼の意見にヤンも賛成だったが、さて、いかにしてこの窮地を脱すればよいのやら思案もつかぬ。やはりヤン・ウェンリーは、エル・ファシルにおいて、幸運と智略の双方を費いはたしたようであった。

# 第七章　顕微鏡サイズの叛乱

## Ⅰ

　エル・ファシル脱出行のときに比較すれば、ヤン・ウェンリーに迫る危険は、規模としては小さなものであった。だが、切実さにおいては、いささかも劣るものではなかった。ない知恵をしぼる余裕をあたえられなかった点で、いちだんと深刻であったといってもよい。

　非常に美化していえば、ヤン・ウェンリーは深慮遠謀の人であったが、かならずしも臨機応変の人ではなかった。このとき、轟音と閃光と、落ちかかる建材の破片のなかで、ヤンがえらんだのは、もっとも安直で効果的な方途《みち》であった。彼より有能な他人に救いをもとめることである。

「ケーフェンヒラー大佐、早いところ我々をここからつれだしていただけませんか」

「異なことを聞かれるものだな。なんだってわしがそんなことを頼まれねばならんのかね」

「私としては、大佐どのが、退路をつくることもなしに危地にはいっていらしたとは思えないのですがね」

「そういうのを過大評価というのだよ、お若いの」

「大佐こそ謙譲の度がすぎるでしょう」

さらになにとか語をつづけようとしたとき、頭上で音響が波うち、小さな破片の群と埃がヤンの上に降りそそいできて、エル・ファシルの英雄を埃だらけに装甲してしまう。

パトリチェフ大尉が、たよりない上官を見かねてか、交渉に参加してきた。

「大佐どの、あんたは枯淡《こたん》の境地で老いさきみじかい身に未練はないかもしれんが、ヤン少佐は過去より未来がずっと長いお人なんだ。しかも前途有為な人材だ。助けてあげたら、大佐どのにとっても、悪い結果にはならんと思うよ」

かなり大きな内装材の破片が落下して、肉の厚い背中をたたいたが、パトリチェフは動じない。

「ついでに、おれも助けてくれたら、あんたの善行も完成されるというものだが、どうだね」

パトリチェフ大尉の言種《いいぐさ》が、ケーフェンヒラー大佐には妙に気にいったらしい。ひとつには、時間がないのもたしかであった。頭を低くして壁ぎわまで行くと、服のポケットから自家製の高周波発生装置をとりだして操作した。二秒ですんだ。床の一部が、不平満々のきしみをあげつつ、一辺七〇センチほどの方形に口をあけたのだ。

「一五年前に廃棄された通信用ケージ。地下を縦横にはしっとる。ここにもぐりこんで難をさけるとしようか」

「なぜこれを使って脱走しなかったのです？」

「わしは計画を樹《た》てるのは好きだが、失敗するのが嫌いなのでな。実行するには、つい腰が重くなるのさ」

だが、この期《ご》におよんで、そうもいっていられない。コステアの小悪党を勝ち誇らせるのも癪《しゃく》だからな。奴にはせいぜい泣面《なきつら》をかいてほしいものだ。そうケーフェンヒラー大佐は説明すると、ヤンとパトリチェフをケージにはいりこませた。パトリチェフの身体も、どうにか、つかえずにすんだ。呆然自失と右往左往のあいだを往復している脱走兵たちに、ケーフェンヒラーは、ケージの入口から声をかけた。

「おい、勇敢な脱走兵諸君、よければ卿《けい》らもいっしょに来ないかね。むりにとはいわんが」

むりに勧める必要はなかった。プレスブルク中尉がいかに不本意であっても、ほかに選択肢はなかったのだ。こうして、二名の同盟軍人と五名の帝国軍人は、廃棄された通信用ケージの内部へ逃げこみ、無差別攻撃の銃火から逃れたのである。

狭い生命の路を足早に歩きつつ、プレスブルク中尉が疑い深げな声をだした。

「この通路を抜けると、どこへ出るんだ？」

「あんまり知りたがりなさんな。あとの楽しみというものが減ってしまうぞ」

ケーフェンヒラー大佐は、かるく、孫のような年齢の中尉をあしらった。プレスブルク中尉は、不平満々という態であったが、ここでとやかくいいたてるのも大人げないと思ったか、口を休めて脚をうごかしはじめた。

暗い通路のなかで、一行の歩みは敏速とはいかなかった。頭上の震動や音響が遠くなったのは、むしろ砲銃撃がおさまりつつある状況を意味しているようだ。とすれば、つぎは銃をかまえた兵士たちが突入してくる、という段階であろう。

通路のなかは、ふたりがならんでは歩けない。パトリチェフほどの身体のサイズになると、まっすぐ立って歩くことさえ容易ではなかった。背をかがめての歩行をしいられたパトリチェフが、いやはや、という感じで、彼に不本意な姿勢をしいる責任者に不平を鳴らした。

「辺境の土地だからやりかたが粗雑でいいと思うのは、いささか悲しいですな。もうすこし所長には、緻密にことをはこんでほしいものです」

「あんまり緻密にやられると、こちらの機会がすくなくなるよ。ほどほどでけっこうさ」

ヤンが口にしたのは、警句ではなくて本心である。このとき、ケーフェンヒラー大佐が立ちどまってふりむき、重要な脇役のひとりに声をかけた。

「中尉、お前さんも、拙劣《へた》な演技はほどほどにすることだ。舞台を守って死ぬのもいいが、あとで不本意な墓碑銘を書きたてられて、異議もとなえられんというのでは、家名にたいして、ちとはばかりがあるだろうて」

諄々《じゅんじゅん》として説く、というより、もっと乾いている。そのていどの理屈もわからぬ奴は勝手にしろ、と突き放しているようにもみえる。自分の立場を一時、横において、ヤンは、プレスブルク中尉の反応を見まもった。

状況の激変や、ケーフェンヒラーの心理的優位に圧倒されて、プレスブルク中尉はすぐには返答もできないようすである。だが、彼としても、ここで非協力的な態度をつらぬくことに、意義は見いだしえなかったようだ。むっつりと、数秒間は沈黙の砦にたてこもっていたが、反抗期の少年めいた態度もそこまでだった。

「べつに演技といわれるほどのことをしたわけではない」

思いきったように、そう答えた。

「所長は約束した。協力すればかならず特赦《とくしゃ》の対象にして、半年のうちに帝国本土へ送還してやる、と」

故郷へ還してやる、という約束は、捕虜にとって蜜の味をもつ。たとえ疑惑をいだいたとしても、期待が疑惑をうわまわるであろう。同情にちかいものを感じながら、ヤンは、コステア所長が申しでた協力の内容について尋ねてみた。プレスブルク中尉が答えていわく、ケーフェンヒラー大佐がひそかにおこなってきたさまざまな不正をあばくのだ、と。

「なるほど、わしの不正をな」

ケーフェンヒラー大佐は、悦にいったような笑い声をたてた。自分自身の境遇をすら笑いものにする心境に達しているのであろうか。それとも、多少の窮地は脱してみせるという自信があるのだろうか。比率はともかく、両方であるように、ヤンには感じられた。

「それで中尉どのは、すすんでコステア大佐の提案にのったというわけかね」

パトリチェフ大尉が問いかけた。プレスブルク中尉の表情は、なかばが怒気、なかばが傷心であった。コステアにしてやられたことは否定しようもないが、被害者だと主張するのも、この場合なさけない話である。

「帝国軍人の名誉にかけて断言するが、おれはコステアなどのせこい陰謀に加担したおぼえはない。家名を汚すような所業《まね》は、おれはけっしてしていない」

「つまり、プレスブルク中尉、あんたは最初からコステアにだまされっぱなしだったというわけだな」

パトリチェフ大尉が、若い帝国軍士官の主張を客観的に整理してみせた。いちだんと、プレスブルク中尉は傷つけられた表情になったが、反論はせず、沈黙によって、パトリチェフの正しさを認めるかたちになった。

「恥じる必要はないさ、所長のほうが悪辣だったんだ」

なぐさめてから、パトリチェフは、おやおやといいたげに、たくましい肩をすくめた。同盟軍の士官でありながら、上官の悪口を、敵国の軍人にしてしまったことに気づいたらしい。ヤンはとがめるつもりはなかった。彼が声をかけたのは、さきに立って歩くケーフェンヒラー老人の背中にたいしてである。

「大佐どの、あなたはじつにいろいろな事実をご存じのようですが、だとすれば、この事態をどう処理すればよいのか、それもご存じではないのですか」

肩ごしに、老大佐はヤンをかえりみた。

「わしは騒ぎをおこすだけだ。収拾するのは若い衆の役目さ。まあ、脱出路を卿《けい》らに教えてやったのだから、それを活用するていどの才覚を卿らに期待しても罰《ばち》はあたるまいよ」

ケーフェンヒラー大佐は、ほとんど声をたてずに笑った。士官学校をどうにか卒業してから一年余をへただけのヤンとしては、老いた試験官に力量を試されているような気分がする。これ以上、ケーフェンヒラー大佐に助けてもらうのは、カンニングの手伝いをしてもらうようなものかもしれない。

「いつのまにか、妙なことになってしまいましたな」

事態の変化に感銘をうけてしまったような、パトリチェフ大尉のささやき声であった。

「まったくね」

とヤンが応じると、巨漢の大尉は老大佐の後ろ姿にむけてあごをしゃくった。

「なんとも喰えないお老人《としより》ですなあ。同盟軍の捕虜になっていなかったら、いまごろ帝国軍の中枢《ちゅうすう》にいて、同盟軍にたいする謀略をめぐらしていたにちがいありませんぜ」

パトリチェフの感想に、ヤンもほぼ賛成だった。ケーフェンヒラーが元帥なり上級大将なりの地位について、地位にふさわしい権限を行使していたら、同盟軍は手玉にとられていたのではなかろうか。歴史には、いくつもの可能性があるという実例を、ヤンは確認したような気もする。そして、ケーフェンヒラーがそのような立場にいたとしたら、ヤンのほうは、あっけなく惑星エコニアの土と化していたこと、まずまちがいなかった。

## Ⅱ

通路を歩いた時間は、一〇分ほどのものであったろう。そろそろ出口だ、と、ケーフェンヒラー大佐に告げられたとき、ヤンは、単純に喜ぶわけにいかなかった。どうやら、コステア大佐は、彼の敵であるらしい。それはそれとして、収容所に勤務する兵士たちはどうか。収容所全体が敵なのだろうか。

「そいつは兵士たちの判断によるな。彼らが上官に盲従するか、道理にしたがうか、その選択によって、わしらの命運も左右されるだろうよ」

またしても声のない笑いだった。

「民主主義国の軍隊にあって、兵士たちがどのように危地に身を処するか、わしにはたいそう興味がある……」

大佐はわずかに目を細めてヤンを見た。

専制国家の兵士なら、上官のいうなりであろうが、自主と自立をむねとする民主国家の兵士なら、自分で正邪善悪を判断できるのではないか。ケーフェンヒラーは暗にそう言っているのだ。かならずそうなる、と、自信をもって断言することは、ヤンにはできなかった。まことに残念なことであるのだが。

パトリチェフが、壁に耳をあてるよう合図したので、ヤンはそれにしたがった。壁一枚をへだてた空間で、誰かが、インターコムにむかってどなっているのがわかった。

「ヤン少佐はどこにいる？　ケーフェンヒラー老人を探せ！　かならず見つけだせよ」

それほど長い交際があるわけではないが、コステア大佐の声であることはたしかだった。黙然と、ヤンがケーフェンヒラー大佐の顔をながめやると、老帝国軍人は、悪戯こぞうのような目つきでうなずいた。二、三年で交替していく収容所長など、仮の支配者にすぎない。惑星エコニアの真の王者は、この老人ではないのか。ことさら気負いもせず、不名誉で不自由なはずの境遇を楽しんでいるらしいこの老人が、ヤンには、なんとも、端倪《たんげい》すべからざる存在に思われた。

コステア大佐は、己れの五官をうたがった。ドアが開くと、見まちがえようのない巨漢の姿が、悠然と出現したのである。砲撃で肉片と化すどころか、たくましい筋肉のかたまりをたもったまま、巨漢は敬礼してみせた。

「やあ、所長閣下、小官の身を案じていただき、まことに恐縮です」

閣下という語を、パトリチェフが口にしたのは、むろんいやみである。コステアは大佐であり、いまだ将官ではないから、閣下という称号をうける資格はない。

「パトリチェフ大尉か……」

意味もなく、コステア大佐は、部下の名を呼んだ。動転している。死体が発見されない、ということで、不安をいだいてはいたが、こうも至近距離に健在な姿をみせるとは思っていなかったのだ。パトリチェフ大尉のほうでは、収容所長の困惑ぶりを意に介そうとはしなかった。

「賞賛していただけるものと思っておりましたがね。不肖、このフョードル・パトリチェフは、悪虐無道な脱走未遂犯を逮捕して連行してまいったのですぞ」

襟首をつかんでひきだされたプレスブルク中尉は、歯を噛み鳴らさんばかりの表情であったが、ほとんど演技の必要はないほどであった。二重三重に、コステア大佐はたじろいで、いうべき言葉を見失った。彼にとって、まことにつごうの悪い生証人《いき》ふたりが、眼前にいる。彼らは武器をもっていない。コステア大佐は銃をもっている。そしてこの場にはほかに誰もいない。大佐の手がなかば無意識に腰のホルスターにかかったとき、背中に硬いものがあたった。彼の背後にあらわれた若い同盟軍士官が、上官に銃をつきつけたのだ。

「……ヤン少佐！」

コステア大佐は、ヤンの射撃の技倆《ぎりよう》を知らなかった。正確な事実を知っていれば、いかに銃口を突きつけられたところで、うごきを封じられはしなかったであろう。ヤンとしては、コステアの先入観ないし固定観念を、最大限に利用する必要があった。コステアが迅速に行動したら、命中させる自信は、ヤンには皆無であったから。

「どうか、大佐、私に引金《トリガー》をひかせないよう、お願いします。上官を撃ってみずからの功を誇るようなことは、小官の欲するところではありません」

ヤンの弁舌《べんぜつ》は、このとき、ほとんどぺてんの域に達している。雄弁ではなく、むしろ淡々として語りかける口調が、結果としては、まことに有効であった。コステア大佐は、ゆでられた蟹のように赤黒く変色し、二秒半ほどの沈黙に、虚勢の声をつづけた。

「ヤン少佐、自分のやっていることの意味がわかっておるのか」

「そのつもりですが、ちがう解釈も成立する余地があるかもしれませんね」

「解釈だと⁉」

コステア大佐の顔も声も、憤怒の汗にまみれた。軍服の埃をやたらと払い落とし、いたけだかに糾弾する。

「解釈の余地などあるか。唯一無二の事実を教えてやるぞ。貴官は、いや、お前は、上官に銃を突きつけておるのだ。これを叛逆行為というのだ、わかったか」

「はあ、小官としては、自衛行為と理解しておりますが」

「どこが自衛だ！」

「迫撃砲にくらべてブラスター、スケールが小さくなって可愛い、というのはむりですか」

「可愛くなんぞないわ！」

コステアはわめいた。上官の威をふりかざして、危地を脱する可能性を見いだしたらしい。エル・ファシルの英雄などといっても、実物は、たいして切れ味よさそうにも思えぬ、ぼうっとした青二才ではないか。

だが、大佐のつぎなる怒号は、音声化する直前に凍結してしまった。大佐をしのぐ憤怒に燃えた男が、彼の眼前にせまったからである。名誉ある銀河帝国の軍人、プレスブルク中尉どのであった。彼の襟首をつかんでいた手を、パトリチェフが離したのである。

「コステア、この薄ぎたない卑怯者が……」

中尉の帝国公用語は、怒気と復讐心のためにひきつって、ヤンていどの語学力では、微妙なところまで理解できない。だが、声と表情だけで、迫力は充分以上だった。コステアは狼狽し、芸もなく説得をこころみた。

「ま、待て、プレスブルク中尉、話を聞け」

「聞くことなどなにもない！」

どなると同時に、プレスブルク中尉は、憎悪の対象に躍りかかった。ヤンは、彼としては機敏に跳びすさって、帝国軍人の苛烈な復讐行為にまきこまれることをさけた。コステアは、顎に一撃をくらって、二歩ぶんほどの距離をふきとんだ。床にへたりこんだところへ、プレスブルクがふたたびとびかかり、今度は襟首をつかんで絞めあげた。絞めあげながら前後に揺さぶる。たちまち生命の危機に直面したコステアは、ことここにいたった経緯《いきさつ》を放りだし、かろうじて悲鳴をもらした。

「た、助けろ！　助けてくれ。上官を見殺しにする気か」

おちつきはらった声で、パトリチェフ大尉が答えた。

「大佐がプレスブルク中尉に殺されたら、仇をとってさしあげますよ。それで万事めでたしめでたし、生き残った者は誰も傷つかないというわけです。あとのことはご心配いりませんぞ」

朗々たる声で脅迫されて、コステア大佐はすでに死者の顔色になってしまった。なおもプレスブルク中尉に絞めあげられながら、必死の声をはりあげる。

「み、認める。おれの罪を認める。だからプレスブルクをなんとかしろ」

「生きて軍法会議にかかりたいとおっしゃるのですな」

「か、かかりたい。軍法会議にかけてくれ」

「ご殊勝なことで。では、軍法会議のたいせつな証人に、安全の保障を提供するとしましょう」

もったいぶって、パトリチェフ大尉は、正義の制裁をくわえているプレスブルク中尉の両腕に手をかけ、無益な殺人を防いだのであった。

Ⅲ

惑星エコニアは、軍制上、タナトス警備管区に所属する。惑星レベル以下の秩序破壊行為は、まず警備管区司令部に報告され、管区司令部の処理能力をこえたときに、軍中央が部隊を派遣することになるのだ。過去、例外はいくらでもあるが、当面、順序はきちんと守らなくてはならない。

「惑星エコニアの捕虜収容所において、騒乱が発生せり」

その報告がもたらされたとき、当然ながら警備管区司令部は緊張した。しかも、報告者が参事官ヤン・ウェンリー少佐である。参事官の上位者である所長および副所長は、いったいどうしたのか。

管区司令官マシューソン准将は、参事官のムライ中佐とともに惑星間通信の画面にあらわれた。どうやらエコニアだけでなく、この管区全体が、覇気の欠乏状態にあるようにも思える。妙に疲労した雰囲気を有する退官まぢかの初老男は、つやのない声をおしだした。

「私がマシューソンだ。ヤン・ウェンリー少佐か、名は聞いておる、たしかエル・ファシルの英雄だな」

有名人のありがたさというべきである。もっとも、〝聞いておる〟という表現に、皮肉と悪意がこもっていたかもしれない。ヤンは惑星エコニアに赴任するとき、わざわざタナトス警備管区本部に立ちよってあいさつするという手間をはぶいたからである。

ヤンにつづいてあいさつしたパトリチェフが、事態の説明役をかって出た。

「ヤン少佐は、じつは統合作戦本部の直接命令をうけて、エコニア収容所の監察に来ていたのです」

パトリチェフ大尉は、重厚にして質朴《しつぼく》たる態度で、とんでもないほらを吹いた。ヤンは黙然と、知りあって二四時間を経過してもいない部下の横顔を見やった。驚いたのであれば大声をだしてもよいのだが、あきれて声も出なかったのである。上官の困惑をよそに、パトリチェフ大尉はさらに架空と現実の混在した説明をつづけた。つまり、ヤン少佐の正体を知った収容所長コステア大佐は、自分の不正が知られることを恐れ、捕虜の暴動をよそおってヤン少佐を殺害しようとしたのである、と。

パトリチェフの主張は、じつはおかしいのである。収容所にかぎらず、同盟軍の内部監察をおこなう権限と責任は、統合作戦本部ではなく国防委員会にあるのだ。だが、それに気づいたのは、ヤンだけのようであった。ここまでくると、パトリチェフのシナリオにのるしかないので、ヤンは口を緘《かん》して一言も発しなかった。事情がこう混線してくると、さしあたりバイパスで目的地に到達して、後日にゆっくり説明をつけくわえるしかないであろう。

マシューソン准将は、ひとまずパトリチェフの説明をうけいれたようである。だが、管区司令官の代理としてエコニアに派遣されることになった人物は、なかなかに手きびしそうにみえた。ムライ中佐である。

かたくるしげな表情をした、かたくるしげな男。それがムライ中佐の印象だった。この印象が正しければ、ヤンとしては苦手なタイプに直面することになる。

「所長はともかく、副所長はどうした？　たしかジェニングス中佐がその任にあったはずだが」

「ジェニングス中佐どのは負傷なさって加療中です」

ムライ中佐の質問にたいするヤンの回答は嘘ではない。この夜、ジェニングス中佐は、不幸に片想いされていたらしく、せっかく釈放されたあとに砲撃の余波をうけたのである。さして重傷ではないが全身打撲で入院加療の身であった。

ムライ中佐は考えこんだようだが、それも長いことではなかった。彼はヤンに指示して、惑星エコニアにおける軍の最高地位たる者、相応した責任をはたすようにと告げた。

「よろしいな。どちら側の者にせよ、小官が惑星エコニアに到着するまで健在ならざるときは、他方によって殺害されたものとみなす。かならず当地の治安と秩序を維持するよう」

「全力をつくします」

それ以上を言う必要もないので、ヤンの返答は短い。ムライ中佐が三日後にエコニアに到着することを確認して、ヤンは通信を終えた。なんとなく疲労を感じて、ぼうっとしていると、勢いよく肩をたたかれて、ヤンはあやうく椅子からずり落ちかけた。むろん、怪力の主はパトリチェフ大尉だった。

「なにごとも方便《ほうべん》というものですよ、少佐どの。私がじつは秘密監察官だなんて言っても、信用してはもらえません。ヤン少佐だからこそ、通用する論法です」

「ありがたいことだねえ」

「あの……怒っておいでですか、少佐どの」

心配げな表情の巨漢に、エル・ファシルの英雄は苦笑してみせた。

「怒ってはいないよ。ただ、ムライ中佐とかいう人がエコニアにやって来たとき、どう弁解して、つじつまをあわせようかと思ってさ」

ベレー帽をぬいで顔をあおぎながら、ヤンは独語めいた質問を発した。

「ムライ中佐という人は、冗談が好きな人かな」

返答は、きわめて悲観的であった。

「聞きおよぶところでは、汚職と冗談が大嫌いなお人だそうで」

「秩序と規則が服を着ている?」

「TV電話《ヴィジホン》で見て、そう思いましたか」

「そう思った」

「第一印象が正しい、めずらしい例ですな」

「多数例への変更がきかないものかねえ」

ぼやきながら、ヤンは、事象のなるべく明るい側面を見てみるよう努めた。かたくるしい人間は、筋をとおしたがるものだろうから、事情を理づめで納得させることができれば、そう不公正な処置はとらないであろう。そんなことを考えている若い上官に、パトリチェフが、激励の声を投げかけた。

「正義はわれらにあり、ですよ、少佐どの。そうひどい結果にもならんでしょう。まあ、気に病んでもしかたありませんて」

たしかにパトリチェフのいうとおりだった。ヤンはとりあえず負傷者を入院加療させ、砲撃で死亡した不幸な捕虜たちの遺体をカプセルにおさめた。破壊された建物は、ムライ中佐が到着するまで現場を保存し、収容所周辺の住民にたいしては危険がないむねを通達し、けっこう多忙に時間がすぎていった。

惑星エコニアの奇怪な状況は、当初の予定より早く、二日後には終結した。通達より一日早く、タナトス警備管区司令部のムライ中佐が、エコニアに到着したのである。

所長室に軟禁され、捕虜であるプレスブルク中尉らに監視されるという屈辱に甘んじていたコステア大佐は、ようやく外に出ることができた。ムライ中佐と対面したコステアは、最初どういう表情をしてよいものかわからなかったようである。

「到着は明日のはずではなかったのかね、ムライ中佐」

「予定が変わったのです。急なことではありますが、ご了承いただきたい」

なにが変更か、当初からの予定に決まっている。そう思ったが、コステア大佐は、内心の声を表面にだすわけにはいかなかった。彼としては、なによりもまず、ムライ中佐の心証をよくしておかねばならなかったのである。

「ともあれ、職務熱心なことはけっこうだ。今回のけしからぬ事件にたいして、公正な処置を願いたい。賢明な貴官であれば、エル・ファシルの英雄などという虚名に惑わされることもなかろうからな」

コステア大佐の台詞に反応らしい反応は見せず、ムライ中佐は三人ほどの部下とともに会議室を臨時オフィスに使って審問を開始した。まず、決起した捕虜のリーダーであるプレスブルク中尉を呼んで事情を聴取しようとしたが、この点については、コステア大佐から強硬な異論がでた。

「ムライ中佐、このような手合からなにも尋く必要はない。彼は兇悪な秩序潰乱者であって、厳罰に処する途《みち》があるのみだ」

「お言葉ですが、なるべく広い範囲から、なるべく多くの証言をえたいと思っておりますので、大佐どの」

厳格な態度でムライ中佐は答えた。コステア大佐は、自分が相手より階級が高いという点について、注意を喚起しようとしたが、ムライ中佐は、いっこうに感銘をいだいたようすがなかった。

「より公正な判断をくだすために、その材料をそろえたいだけのことです。どのような予断をいだいてもおりません」

かさねてムライ中佐はコステア大佐の異論を封じた。コステア大佐は沈黙せざるをえなかった。彼は事件の当事者であり、審問される側に身をおいていたのだ。

## Ⅳ

ヤン・ウェンリーの立場は、かなり危険にみちたものであった。コステア大佐の主張が軍当局にうけいれられたとき、ヤンは、〝エル・ファシルの英雄〟から〝エコニアの叛逆者〟へと転落することになろう。

「エル・ファシルとエコニアか。頭文字はおなじEだけどなあ」

あまり深刻な気分に、ヤンはなれない。エル・ファシルで、望みもしない英雄の虚名をえて以来、ヤンはどうも現実を把握する感性に、やや失調をきたしているようでもあった。なにごとが生じても、〝こんなこともあるさ〟ですませてしまうような気がして、自分ながら不健全

だなあと思ってしまう。コステア大佐がムライ中佐の審問にたいして、

「ヤン少佐は一部の捕虜と結託して騒乱をおこし、パトリチェフは利己的な目的のために協力した」

などと申したてたことを聞いても、たいして腹もたたなかった。そしてすぐ、ヤンとパトリチェフの番がきた。

ヤンの見るところムライには独創的な才能は欠けているようであったが、処理能力に富み、また判断力もたしかであるように思われた。無愛想で口やかましいところはあるが、陰湿さは感じられない。自分より一〇歳は年長であろうこの人物を、信頼してもいいような気が、ヤンはしてきた。

とはいうものの、ムライ中佐の審問ぶりは甘くはなかった。ヤンとパトリチェフの話を聞き終えると、質問に転じて、的確に要点を突いてくる。ヤンが秘密監察官などではないことはあっさり判明して、この件にかんしてはふたりはさんざん油をしぼられたが、それ以外の点ではムライはふたりの証言をきちんと聞いてくれた。ヤンとしては最初から嘘をつく気はなかったから、仮に拷問にかけられたところで、事実以外のことをしゃべることもできなかった。

到着した直後から審問を開始したムライは、その日の夕食後、関係者一同をオフィスに集めて、まず所長に申しわたした。

「コステア大佐、貴官を公金横領の容疑で拘禁させていただきます」

ムライ中佐の声は、おもおもしいというより事務的なものであった。だが、聴く者には、雷鳴のようにひびきわたった。これほど明確に、また迅速に、ムライ中佐が断をくだすとは、誰も思っていなかったのだ。文字どおり飛びあがったコステア大佐が、怒り狂って抗議の叫びをあげたが、ムライの返答は冷たい。

「私がエコニアに来るまで、なにもしていないと思われるのは心外ですな。最低限、必要と認められたことは、確認しております。フェザーンの某銀行に設けられた匿名の口座にかんする件とかね」

大きく、コステア大佐は口を開いた。ゴムが緩んでしまったように、彼の口は、なかなか閉じようとしなかった。この表情が、つまりコステア大佐の敗北宣言であった。いきなり致命傷をうけるまでは、コステアも、さまざまに対抗手段を考えていたのである。なんとかヤンやパトリチェフに造反の罪を着せ、ケーフェンヒラーやプレスブルクを敵国人として葬り、横領した公金とともに望ましい老後を送るべく、画策していたのだった。だが、もはや画策や弁解の余地はなかった。明々白々な物的証拠をにぎられ、事件の全容を把握されてしまったのである。そう、ムライ中佐は、エコニア到着以前に、事態の根幹をおさえてしまい、到着以後は、傍証をかためることに専念したのだろう。なかなかに、よくできる人物らしい。

「おみごとでした」

コステア大佐が連行されたあと、ヤンは率直にムライを賞賛した。

「私は万事、かたどおりの考えしかできない男でね。型は提供するが、柔軟に修正をほどこすのは、他人にまかせたいと思っている」

ムライ中佐は、あいかわらずかたくるしい表情でベレーの角度をなおした。この人は、照れ屋というやつかもしれないな、と、ヤンは思い、好感らしきものを感じた。ヤンは基本的に軍隊という存在を軽蔑していたが、組織としてはともかく、個人的に、尊敬や信頼に値する人物は、けっこういるものである。

コステア大佐は拘束され、正式な軍法会議をうけることになった。その際には、ヤンやパトリチェフも証人として出廷する義務をおう。コステア大佐の自供がえられれば、収容所の会計責任者なども、共犯として拘束されることになろう。いっぽう、コステアに乗ぜられて造反さわぎをおこしたプレスブルク中尉は当面、一週間の独房入りを命じられた。理由はともあれ、同盟軍の士官を一時、不法に拘束したのは事実だったからである。パトリチェフは、ヤンの身分について不必要な発言をしたので、譴責《けんせき》処分。ただし公式記録には残さない、ということになった。ヤンはまったくおとがめなし、というわけで、正式な軍法会議がハイネセンで開かれるまでの処置は、きわめて迅速に決されたのである。

パトリチェフがヤンに笑いかけた。

「少佐どののおかげで、惑星エコニアの大掃除ができましたなあ」

「私はなにもしてはいないよ」

苦笑ぎみに答えるヤンであった。

「なにかやったとすれば、ケーフェンヒラー老人だ。あの老人は、貴官や私にとって恩人ということになるな。生命も名誉も、彼に救われたんだから」

「高くつく恩になりそうな気がしますなあ」

ヤンよりはるかに、ケーフェンヒラー老人との交際が深いパトリチェフは、どことなく危険を予知するかのような表情であった。

そのケーフェンヒラー大佐だが、ムライ中佐が多方面から彼の行動を検討した結果、処罰するべき理由はいっさいなく、すべて不問ということになった。捕虜であるのに行動が自由すぎる、という意見も出たようだが、これは同盟の収容所がわの管理の問題であって、ケーフェンヒラーの責任をうんぬんするのは奇妙なものであった。

「わしはこの不景気な惑星で、芸のない死にかたをするつもりだ。べつに天上《ヴァルハラ》のごとく清浄である必要はないが、あまり汚れているのも住居としてはこまるのでな、ちと掃除の手伝いをしただけさ」

なぜヤン少佐らを救うのに協力したのか、とムライ中佐に問われたとき、それがケーフェンヒラー大佐の答えであった。救われた当人も、大佐に感謝の意をあらわして申しでた。

「もし私になにかできることがありましたら、ご遠慮なくお申し出ください。なんといっても大佐は私どもの生命の恩人ですから」

「お前さんにできることねえ、ま、たいして期待はしないほうがよさそうだな」

ケーフェンヒラー大佐は、べつに皮肉を言ったわけでもなさそうであった。すこし考えてから、老人はいった。

「プレスブルク中尉をなんとか帝国本土へ送還してやってくれんかね。わしとちがって、あの青二才は、まだまだ母親の乳が恋しいらしいて」

老人は、くぐもった笑い声をたてた。

「わしとしても、あんなけたたましい男にちかくにいられては、静かに昼寝もできんわい。さっさと遠くで幸福になってもらいたいものさ」

ケーフェンヒラーのいかにもこの老人らしい台詞をうけて、ヤンは、ムライ中佐に相談をもちかけようとした。だが、それにさきんじて、ムライ中佐のほうは、ケーフェンヒラー大佐の身上について決定事項をもちだしてきた。老人の部屋を、ヤンやパトリチェフとともに訪れて、ムライはこう告げた。

「ケーフェンヒラー大佐には、ヤン少佐およびパトリチェフ大尉の危機を救っていただいた。さらには、惑星エコニアの収容所においておこなわれていた不正をあばくのに、すくなからず貢献していただいた。大佐にたいする感謝の意をあらわし、大佐の釈放をここに決定する。以上のことをお知らせします」

「わしはべつに帝国本土に帰りたくなどない」

気むずかしげに、ケーフェンヒラー大佐は手をふってみせた。

「誰が収容所から解放してくれと頼んだ。よけいなまねをせんでほしいな。恩を着せられとるような気がしてしかたない」

「帰国せねばならぬ義務はありません。大佐どのは自由の身ですからな」

「自由か……」

その単語を発声するとき、ケーフェンヒラー大佐の声に、賞賛のひびきはない。いつもの皮肉な味わいが、このときにはひときわ辛辣さをくわえた。

「自由とは自分の欲求をはたすものではないのかね。欲してもいない自由を、なんだって他人からおしつけられなくてはならんのだ」

わざとらしく、老大佐は、たてつづけに咳ばらいしてみせた。

『だいいち、わしは手に職があるわけじゃない。路頭に放りだされても、食ってはいけん。収容所にいれば、食べる心配をせずにすむ。あんたらは、無職の老人を、人情うすい世間の荒波に放りだすつもりかね」

「大佐どのの生活は、軍によって保証されます。退役大佐の格で年金をさしあげることになるでしょう。わが軍組織も、ときには、人情があるところをみせたがりましてな」

「人情ね……」

「ま、ご不満もおありかとは存じますが、それはおいおい解決していくとしましょう」

ムライは、にやりと笑った。笑うことに慣れていない者の笑いであった。ぎこちないが、どこかに、この人物の精神的な骨格を感じさせるものがあった。

パトリチェフ大尉が、肉の厚い掌で、肉の厚い顎をなでた。ヤンにむかって声をひそめる。

「いや、いろいろとめずらしい光景にお目にかかれますて。ムライ中佐が笑うなんて、なんというか、銅像が笑うようなもので、予測もつかんことでした」

「ま、万事、偏見は禁物だってことだね。いい教訓だよ」

むろんヤンは自分自身にそう言い聞かせているつもりである。

V

こうして、ケーフェンヒラー大佐は、四〇年以上にわたって住みついた惑星エコニアを離れることになった。

となると、ヤンとしては、ケーフェンヒラーがこの惑星にいるあいだに、確認しておきたいことが、いくつもある。ムライ中佐が、派生したさまざまな課題を整然と処理してくれるので、さほどの罪悪感もなく、ヤンは、自分の興味を追求することができそうだった。ヤンの興味のありかを知る者は、ケーフェンヒラーをのぞくと、パトリチェフ大尉だけである。若い上官のもの好きにあきれたか、パトリチェフは、あらためて尋ねてきた。

「ですが、ほんとうにブルース・アッシュビー提督が謀殺されたと、そう信じておいでなのですか、少佐どのは」

「半信半疑だね」

より正確には、信が四八パーセントで、疑が五二パーセントというところであろうか。その数値も、一日ごと半日ごとに変動する。確信にはほど遠い状態である。

「状況証拠は集まるかもしれないけど、おなじ数だけ反証も集まる。どっちつかずさ」

ヤンは思うのだが、ブルース・アッシュビーが神聖な人格者ではなかったからといって、彼の才幹と業績を否定することはできない。そもそも、若くして世に功業をなすような人物が、円満な人間でいられるはずもなかろう。〝ダゴンの英雄〟リン・パオ元帥とユースフ・トパロウル元帥も、温和な君子人ではなかった。

「しかし、なんですな、世の中には、性格が悪いだけでなんの能もないという人間が多いんですから、そのいっぽうが傑出しているだけで、りっぱなものだともいえますなあ」

パトリチェフは歎息した。一般論としてはまったくそのとおりだが、ヤンとしては、アッシュビーが性格が悪かったと決めつけるのも気の毒なような気がする。どんな人格者だって、万人に好かれるというわけにはいかぬのである。

機会を見つけて、というより、機会をつくって、ヤンは、ケーフェンヒラー老人に質問してみた。

「最初にお目にかかったときから、もちこしてきた疑問です。ブルース・アッシュビー提督が謀殺された、という手紙を軍部にだしたのは大佐どのですか？」

ケーフェンヒラー大佐は即答しなかった。どことなく霞のかかったような目つきでヤンを見やっている。直線的にすぎる質問は、この老人にとって、歓迎すべきものではなさそうであった。たっぷり一〇秒ほど、天使が通過する間をおいてから、老人はつぶやいた。

「……こういう辺境にあって、一隅から世界をながめていると、しばしば、中央にいては見えないものも見えてくる」

ケーフェンヒラーは白髪をなでた。

「あるいは、たんに見えたつもりになっているだけかもしれんがね。それで、卿《けい》は、どの件にかんする犯人を知りたがっているのかね」

ヤンは赤面した。性急な追求のしかたが、いかにも余裕のないものに思われ、恥じいらざるをえない。

「私はべつに犯人捜しなどする気はないのです」

かつて、ローザス提督の孫娘に説明したことを、ケーフェンヒラー大佐にむかって、ヤンは説明しなくてはならない。彼の精神が司法官であったことは一度もなく、つねに彼は歴史の研究家であった。それがけしからぬ、という人も、むろんいるであろうが、それは人それぞれの資質である。ヤンが犯罪捜査官ないし検察官であったなら、彼の歴史家志向は、職務を阻害するものとなったかもしれない。

「ただ、私は知りたいだけなんです。無記名の手紙とか、それにともなう調査命令とかは、私にとって、きっかけであったにすぎないんです。どういったらいいのかな……他人は、私がとんだ閑職にまわされたと思っているかもしれませんが、私自身は、かえってありがたいくらいでした」

惑星エコニアの捕虜収容所に派遣されたのは、たしかに予想外であったが、その結果、ケーフェンヒラー大佐やパトリチェフ大尉、それにムライ中佐など、さまざまな人に会えた。今後、彼らがヤンの人生にどういうかたちでかかわりあってくるかわからないが、ケーフェンヒラー大佐が、ヤンの興味の対象にたいしてなにやら無関係ではないことは、かなり確度が高いようである。ケーフェンヒラー大佐自身、思わせぶりに口にだしたではないか。そう、帝国内のふたつの重大事件の名までもちだして。

「ブルース・アッシュビー提督の謀殺事件……」

ヤンは指を折った。ちらりと老大佐の表情をうかがうが、めだった反応はない。

「ジークマイスター提督の亡命。ミヒャールゼン提督の暗殺。帝国と同盟にまたがるこれらの事件が、一本の糸につらぬかれているとしたら、その糸は、諜報工作という異名をもっているのじゃありませんか、大佐どの」

あてずっぽうというより、それ以外に考えようがないように、ヤンには思えるのだった。と仮定すれば、さまざまなものが見えてくるかもしれない。

同盟軍にしても、帝国軍にしても、ブルース・アッシュビーという将星の失墜が謀略であるなどと公認するはずはない。両軍の名誉だけでなく、諜報工作や逆諜報工作の存在にかかわってくる。これらの活動は、勝利を唯一の目的としたもので、正義や人道には目を閉じていてもらうたぐいのものである。

ひとつの可能性を、ヤンは考えてみる。帝国軍の諜報組織が、ブルース・アッシュビーを亡き者にしようと企《くわだ》てる。彼らは、同盟の権力者たちがアッシュビーにたいして猜疑心をいだくようにしむける。アッシュビーの存在は、同盟政府にとって危険だと思いこませる。その結果——充分にありうることではないか。

「……わしはもう老いぼれてしまって、自分がなにを言うたか、よく憶えておらんが」

ケーフェンヒラーがとぼけた発言をした。

「わしが仮になにかを言ったからといって、わしが心からそう信じていると思いこむのは危険ではないかね」

「たしかに、おっしゃるとおりですね」

ヤンは愉快になってきた。ケーフェンヒラー大佐は、そう簡単に、ヤンに解答を教える気はないらしい。ヤンとしては、眼前に放りだされた糸のもつれをほどいて、老人を感心させてやりたい欲求にかられた。それには、思考を発酵させるのに充分な時間さえあればよい。とはいうものの、ケーフェンヒラーが惑星エコニアを離れるとなれば、ヤンにあたえられた時間は、それほど豊かなものではなかった。できるだけ早く、老教師のもとに答案を提出したいものである。

ムライ中佐のように有能な人物があらわれて、現実をきちんと処理してくれるので、ヤンはどうも歴史家志望のたがはずれてしまったらしい。すっかり過去とむかいあってしまった。

ヤンの従卒であるチャン・タオ一等兵は、〝男爵《バロン》〟ウォリス・ウォーリック提督の崇拝者である。その素朴な崇拝ぶりに、なにかえるところがあるかもしれない。そう思って、ヤンは、従卒ひとすじのこの人物に、いろいろと尋ねてみた。チャン・タオはけっして非協力的ではなかったが、結果は満足すべきものとならなかった。

「ウォーリック提督の友人たちにも会ったことがあるのだろう。七三〇年マフィアの人たちは、どんな人柄だったのだい」

「皆さん、ごりっぱな方々で。ですが、ウォーリック提督が、やはり一番でしたな」

これでは抽象的すぎるし、どうも一方的な観察にかたよってしまう恐れがある。長くつきあうほどに理解も深まるとはかぎらないのだ。

ヤンが過去の残像の周囲を右往左往しているあいだに、ムライ中佐は黙々と、散文的な現実を処理していた。コステア大佐は警備管区司令部に連行されていき、プレスブルク中尉はべつの収容所に移されることに決まった。彼の処遇について、ヤンは軍中央に歎願書を提出したが、効果があらわれるにしても後日のことであろう。

そんなある日、同盟首都ハイネセンから、遠路はるばるという感じで超光速通信《FTL》がはいった。

「アレックス・キャゼルヌ中佐という人からです」

と通信担当の中尉に言われて、ヤンは、通信室にとんでいった。砂嵐に襲われたようにざらつく画面のなかに、士官学校の先輩がいた。

「どうも、たいへんだったらしいな、ヤン」

キャゼルヌとしては、ほかに表現しようもなかったであろう。ヤンはのんびり見えるように笑ってみせた。

「人生、退屈せずにいられるのは幸運だと思ってますよ」

「責めんでくれて、ありがたいと思うよ」

キャゼルヌは苦笑している。組織管理、行政処理、そして人事の名人といわれる彼でも、手ちがいがあるということか。

「まずニュースだ。アルフレッド・ローザス提督が、今年の一二月一日付で元帥に昇進することが正式に決定したよ」

こうして、〝七三〇年マフィア〟は、全員が元帥に叙せられることになったのであった。ヤンはうなずいた。アルフレッド・ローザスは、業績といい人柄といい、元帥の階位にふさわしい人物であったと思う。ヤンのうなずきが完全に終わらないうちに、キャゼルヌはまた一弾を投じた。

「もうひとつ決定したことがある。お前さんの召還だ」

「はあ……？」

「帰ってこいよ、ハイネセンへ。おれの結婚式に間にあうようにな。どさまわりも、さしあたって中断だ」

キャゼルヌの言葉の意味を理解すると、ヤンは、黒ベレーの上から自分の頭髪をつかんだ。やはり先輩は敏腕だな、と思う。ヤンがとんでもない事件にまきこまれたことを逆用して、彼が早急にハイネセンへもどれるように手配してくれたのであった。さぞ巧妙な工作がおこなわれたのであろう。

こうして、ヤン・ウェンリー少佐は、第二の任地である惑星エコニアの捕虜収容所を離れる。誰よりも本人があきれているが、在任わずか二週間である。大尉の在任期間に比較すれば長いが、これは比較するほうがおかしい。要するに、エコニアの歴史においても、ヤンは最短在任記録を更新したのであった。

# 第八章　過去からの糸

## I

いわゆる〝七三〇年マフィア〟の面々は、士官学校を卒業したのち、すぐ集団を形成したわけではない。そもそも、この年六月に士官学校を卒業して少尉に任官した者は、一四四九名いる。彼らは最前線から国防委員会事務局にいたる各方面に分散して配属された。卒業してちょうど一年後の統計では、すでに一〇三人が戦死ないし戦病死、あるいは行方不明となっている。さらに一年後、八八人が永遠に軍から去った。彼らは生命とひきかえに名誉とかいうものを手にいれたわけであるが、この事情は帝国軍においてもことなるところはない。勝者だけが戦いを語り、生者だけが人生を語る。敗者と死者は口を緘して語らぬ。不公平というべきであろうか。だが、勝者や生者までが口を緘すれば、歴史は後世に伝えられぬ。勝者の記録が光ればこそ、影に興味をもつ人もあらわれ、やがて歴史は多方面から掘りだされていく。俗論なら俗論、伝説なら伝説で、基準となるものがあってこそ異論も存在することがかなうのである。さて、

〝七三〇年マフィア〟の声価は、一年ごとに増大していく。地位が上がり、権限が増大するにつれ、能力を開花させていく稀有な男たちの集団であった、といえるだろう。そして、彼らがブルース・アッシュビーの主導下に一団となったとき、めざましい化学反応が生じて、彼らの才幹は巨大な超新星となって爆発したようであった。

けっきょく、なんといっても、〝七三〇年マフィア〟を集団として統率しえた者は、ブルース・アッシュビー以外に存在しなかったのである。この一事をもってしても、アッシュビーの非凡さがわかるというものではないか。

〝七三〇年マフィア〟という名が公然たるものになるのは、七三八年の〝ファイアザード星域の会戦〟である。このとき、同盟軍の一級指揮官は全員が〝七三〇年マフィア〟であった。

この戦いで、もっとも勇戦したのは〝行進曲《マーチ》〟ジャスパーである。砲撃と機動攻撃のくみあわせが絶妙で、つねに帝国軍にたいして先制しつづけ、優位を確立していった。その優位を、劇的に拡大したのは、アッシュビー自身であった。この戦いは、参加した兵数からいえば、けっして大規模なものではなかったが、同盟軍の完全勝利《パーフエクト・ゲーム》であって、損害比は帝国軍一五にたいし同盟軍一であった。

「どんなときでも主役として脚光をあびるのが、ブルース・アッシュビーという男である。意図的な演出というより、おのずとそうなってしまうのだ。彼は生まれついての主役であった」

とは、アルフレッド・ローザスの回顧であった。ただ、このとき、ジャスパーには、どこか心満たされぬものが残ったらしい。七四四年に、この会戦の勝利六周年を記念するパーティーが開かれたとき、酒に酔ったジャスパーがつぎのように口走った。

「ブルースの野郎！　おれたちはお前のひきたて役ではないぞ。すこしは謙遜の美徳ってものを学んだらどうなんだ。あの戦いのときだって、おれのほうががんばったのだぞ！」

このときは、ほかの提督たちが制止してことなきをえた。ジャスパーとしても、大声をだしたことで、ストレスが発散されたらしい。酔いがさめたあと、あっさりとアッシュビーに謝罪し、アッシュビーのほうも苦笑してその謝罪をうけいれた。アッシュビーは怒りっぽい男で、天才的な人間にありがちの利己的な傾向もあったが、いつまでも怒りや怨みをひきずるということはなかったようである。自分も口が悪いことを承知していたようだ。

虚像を破壊する、という行為は、つねに有意義であるとはかぎらない。〝そんなことをして誰が喜ぶのだ〟という反問は、つねに用意されているのだ。それに、だいいち、ブルース・アッシュビーの名声は実績に即したもので、虚名とはいえない。そういったことをわきまえたうえで、ヤンが、〝七三〇年マフィア〟についてより多くを知りたい、しかもより正確に、と思うのは、歴史家になりそこねた青年の、ほとんど本能のようなものであろう。

〝七三〇年マフィア〟の勇名は、自由惑星同盟《フリー・プラネッツ》が保有する時間と空間のいたるところにちりばめられている。それは、政治的あるいは軍事的な宣伝の結果でもあろうが、ゼロをいくら自乗してもゼロにしかならぬのであって、伝統の核《コア》となるべきものは、たしかに存在したのだ。かがやかしい武勲と、そして協調とが。

彼らの晩年は幸福なものではなかった。平穏な余生をえたのは、アルフレッド・ローザスぐらいのものであった。ファン・チューリンは、尊敬はえても孤独であったし、〝行進曲《マーチ》〟ジャスパーは戦友を犠牲にしたと中傷され、失意と怒りから精神的再建を完全にははたせなかったようである。〝男爵《バロン》〟ウォーリックは退役後の人生で周囲の悪意と打算に傷つけられ、再起できなかった。〝第二次ティアマト会戦〟以後、生き残った男たちの頭上に陽は翳《かげ》ったのである……。

いっぽう、第二次ティアマト会戦ののちに、アッシュビーの戦死を知った帝国軍では、当然ながら大さわぎになった。

「やった！　あの憎むべきブルース・アッシュビーめに正義の鉄鎚がくだされたぞ」

「大神オーディンも照覧あれ。この世には、やはり正しい条理というものがあるのだ！」

文字どおり、帝国軍は狂喜乱舞した。帝国軍の戦史上、ブルース・アッシュビーは最大の難敵であって、それが消失したと知ったとき、歓喜が爆発するのは当然であった。部下の全員にシャンペンをふるまって、五〇万帝国マルクの借金をかかえこんだ提督までいたという。第二次ティアマト会戦は、戦いとしては帝国軍の完敗であったが、その点はつごうよく忘れさられたようである。

ただ、帝国軍のなかにあっても、名将と称されるハウザー・フォン・シュタイエルマルクは、偉大な敵手を尊敬する道を知っていた。彼は堂々と氏名を名のって、同盟軍に鄭重な弔電を送ったが、その事実が知られると、僚将たちの一部から非難された。ある提督は、つぎのようにシュタイエルマルクを面罵《めんば》した。

「戦争はしょせん、殺しあいだ。敵将の死を悼《いた》むなど、偽善ではないか」

それにたいして、シュタイエルマルクは、静かに応じて言ったという。

「私を偽善というのは、つまり卿《けい》は真に善なる者と自認しているということだな。だとしたら、自分の善を守っていればよい。他人が礼をつくすのに口をだす必要もあるまい」

シュタイエルマルクは六〇歳で退役するまで、巧緻な用兵家、また風格ある武人として名声を維持しつづけたが、階級は上級大将にとどまり、位官も軍務省次官までで、いわゆる帝国軍三長官の座につくことはなかった。アッシュビーの死を悼んだ件が、彼の不遇の全原因ではないであろう。ただ、その一件に象徴される彼の孤高が、世俗的な栄達をはばんだことはたしかなようである。

## Ⅱ

マルティン・オットー・フォン・ジークマイスターは、帝国暦三七三年、宇宙暦《SE》六八二年に生まれた。貴族とはいっても、男爵家の分家でしかないから、特権階級と呼ばれるのもばかばかしい身分である。いちおう〝帝国騎士〟の称号はあたえられており、そういう称号をありがたがる平民もいたから、富裕な商人の娘と結婚することで豊かな生活を送ることも可能だった。才能を自負する者であれば、軍隊にはいることを考える。ジークマイスターはその途《みち》をえらんだ。士官学校での成績は、中の上というところであった。帝国暦四一九年、宇宙暦《SE》七二八年に自由惑星同盟《フリー・プラネッツ》に亡命したとき、四六歳で大将の地位にあった。亡命の理由は、軍務省内部の深刻な権力闘争に敗れたからだ、とも、もともと改革派的な思想をもっていたからだ、ともいわれる。いずれにしても彼はイゼルローン回廊の最前線からシャトルに身を託して、敵陣に投じた。多くの亡命事件のなかでも、有名な一件である。

クリストフ・フォン・ミヒャールゼンは、帝国暦三七九年、宇宙暦《SE》六八八年に生まれた。つまりジークマイスターより六歳の年少で、生きていればちょうど一〇〇歳である。暗殺されたとき六三歳で、階級は中将であった。伯爵家の次男で、当人も男爵号を所持していたことを思えば、それほど出世が早いほうではない。前線指揮官としては、むしろ水準以下であったようで、軍官僚として軍務省の本省勤務のほうが長かったようだ。そして、宇宙暦《SE》七四四年、帝国暦四三五年に、彼の麾下に配属されてきた青年士官の名を、クリストフ・フォン・ケーフェンヒラーといった。同名の部下をミヒャールゼンは信頼し、重用してくれた。だが、ごく短期のうちに、ケーフェンヒラーは同盟軍の捕虜となり、ミヒャールゼンとの交流はとだえてしまった。

この時点で、すでにジークマイスター提督は帝国から同盟へと亡命していたわけである。ジークマイスターは自由意思による亡命者として遇され、いっぽうケーフェンヒラーは捕虜として収容所にいたから、会う機会はついになかった。宇宙暦《SE》七四七年に、ジークマイスター提督が六五年の生涯を閉じたとき、ケーフェンヒラーは、その報を収容所の壁のなか、丸一日遅れで知ったのである。

……ヤンの脳裏にひとつの考えが閃いた。

もしかしてジークマイスター提督は亡命以後、帝国にとどまったミヒャールゼン提督とのあいだに、同盟のための諜報網をつくりあげていた、ということだろうか。その仮説がひらめいたとき、ヤンは、心臓の鼓動が高なるのを自覚した。何度か胸中で反芻《はんすう》したあとに、ヤンは、手さぐり気味に、その考えをケーフェンヒラー大佐にただしてみた。素直でない老人は、素直でない答えかたをした。

「その説に自信があるのかね?」

「あくまでも仮説です」

自分でたてた仮説に、無条件でとびつくことが、ヤンにはためらわれた。さまざまな事象を整合的に説明しうるからといって、その仮説が事実として正しいということにはならないであろう。むしろそれは、思考停止の原因にすらなる。まだ充分な情報がえられていないのに、好ましい結論にとびつくのは危険だ。そういう考えを、ヤンの両眼に見いだしたのか、ケーフェンヒラー老人は声をたてずに笑った。パトリチェフが〝ケーフェンヒラー的な笑い〟と称した笑いで、〝さて、この劣等生は合格点をとれるかな〟といわんばかりである。そのくせあまり嫌悪感をそそらないのは、人生の年輪のしからしめるところであろうか。

ヤンは身軽なままエコニアに来て、身軽なままエコニアを去るので、旅行の準備は半日で終わってしまった。ヤンに普通の手ぎわがあったら、もっと短い時間で終わっただろうが、とにかく手があいたので、柄になく、ケーフェンヒラー老人の旅じたくを手伝っている。その間に、どことなく堂々めぐりの対話を老人とかわしているのである。

つまりブルース・アッシュビーは、ジークマイスター提督が帝国内につくった諜報網を利用して、帝国軍内部の情報をえていた、という可能性がある。とすれば、アッシュビーとジークマイスター、同盟軍の英雄と帝国軍の亡命者とのあいだにどういう関係があったのか。これは確認する価値がありそうだ。

「先走りは厳禁、厳禁」

ヤンは自分にいいきかせた。劇的な結論だからといって、証明する過程をおろそかにしてとびついては、自分だけでなく他人にも火傷をおわせることになりかねない。だが、自分ひとりの内的宇宙《インナー・スペース》で思惟をめぐらせるだけなら、まあ無害であろう。ふと、ヤンがおかしくなったのは、〝帝国軍の亡命者と同盟軍の英雄〟という対比が、表面だけ見れば、ケーフェンヒラーとヤンとのあいだにも成立することに気づいたからであった。もっとも、ヤンがとうていアッシュビーの才華におよばないのはあきらかであろう。かりにヤンの仮説が正しいとすれば、アッシュビーの用兵が、しばしば戦理に背馳すると批判されながら、勝利をかさねた理由が説明しうるかもしれない。帝国軍内部からの正確な情報。それにもとづいて戦術を立案し、兵をうごかせば、勝利の確率は、おのずと高くなるであろう。それは、アッシュビーが妖術師などではなく、理性と知性に富んだ常人であることを意味するのだった。

だとすれば、やはりブルース・アッシュビーは偉大な将師であった、と、ヤンは思う。情報の収集と分析をおこたって勝利をえた者など、戦史上にいない。士官学校で徹底的に帝国公用語をたたきこまれるのも、情報の重要さがそうさせるのである。敵国の言語を学ばせない軍隊が存在するとすれば、それは狂気と痴愚の軍隊であって、戦争というものをよほどばかにしている者どもであろう。

「ほれ、ヤン少佐、ぼさっとしとらんで、その箱に本をつめんかい」

「あ、はいはい」

ケーフェンヒラーに指図されて、ヤンは、本を箱に詰めこんでいった。たんに情報源としてなら、コンピューターにインプットするなりマイクロフィルム化するなりすればよいのだが、書物を書物として愛する人は、そうは割りきれないのである。

「さっきお前さんがなにやら口にしておったことじゃが……」

若者に働かせながら、老人はいった。

「帝国軍のほうでは、そんな事実を認めるわけにはいかんかったじゃろうな」

ケーフェンヒラー老人の感想は、ヤンのそれと同様であった。もっとも、ヤンが口にする場合より、はるかにふくみが多く、底も深い。まともに問いかけても、まともに答えてくれるとは思えないので、ヤンは、

「そうですね」

と、かるく答えた。

「お茶！」

ヤンの内心などおかまいなしにケーフェンヒラーは言い、ヤンは無器用な手つきで紅茶をいれ、自分もお相伴《しょうばん》にあずかった。ちょうどその場へやってきたパトリチェフが、天をあおぎつつ両手をひろげる。かがやかしいエル・ファシルの英雄、自由惑星同盟《フリー・プラネッツ》の若き英才が、老捕虜のお茶くみをさせられるとは。もっとも、当のヤンは、自分が英雄であるという自覚より、青二才だという自覚のほうが強いので、べつに腹もたたない。もともと彼は、老人に弱いということもある。

さて、

〝戦友をえらばば七三〇年マフィア〟

とは、自由惑星同盟の軍人にとって、決まり台詞のようなものであった。後年はともかく、

士官学校卒業以来、ほぼ一五年にわたって、彼らは団結を解かず、巨大な軍事的成功をかさねてきたのである。彼らは畏敬と憧憬の対象であった。彼らが完全無欠の人格者でないことを充分に承知のうえで、それでもやはり、彼らを好ましく思わずにいられないのである。皮肉な言いかたをすれば、同盟の軍人たちは、皆つぎのように考えているといえよう。いわく、「七三〇年マフィアのように有能な同期生が、おれにもいればなあ。おれの同期生どもときたら、まったく、役たたずばかりなんだから！」

そして、たがいに、うとましげな目つきで僚友を眺めやるというわけである。

茶を飲むあいだに、ヤンからそういう話を聞いたケーフェンヒラーは、濃くいれすぎた紅茶をすすり、湯気を顔にあてた。

「愛情にしても友誼にしても、永遠などありえぬということだな」

「ええ、政治権力にしても血統にしても」

ヤンの言いたいことを正しく理解したのであろう、ケーフェンヒラー大佐は意味ありげな笑いかたをした。かつて政治権力の永遠を信じたひとりの男が一国を建てた。ケーフェンヒラーはその国に生まれた身であった。

永遠など人の世に存在せぬことを知りながら、人はなお永遠をもとめずにいられない。宇宙の法則に背馳するこの欲求こそが、あるいは歴史をつくりつづけるのだろうか。

「ブルース・アッシュビー提督は、名声の永遠を信じたのだろうか」

そうも考えてみるが、三五歳の若さで人生の中断をしいられたブルース・アッシュビーとしては、そのようなことまで思う心境になっていなかったであろう。享年三五歳。まだはるかに、過去より多くの未来を有していたはずの年代である。死の瞬間まで覇気と野心にみち、前方を見すえていたにちがいない。臨終の言葉は、不敵なほど陽気な冗談だったではないか。

いずれにせよ、ありがたいことに時間はできた。惑星ハイネセンまで、ヤンとケーフェンヒラーは同行することになったから、そのあいだにたっぷりと〝講義と質問〟の時間があるだろう。それと、もうひとりの人物も、ヤンに同行する。

「いやあ、少佐どのの余慶《よけい》をこうむらせていただきました。もう一、二年はこの惑星にいなきゃならんものと覚悟してましたが」

冗談でもなさそうに、ヤンの人徳に謝意を表したのは、フョードル・パトリチェフ大尉であった。この際、軍部としては、エコニアにとどまらず、辺境の捕虜収容所の人事に通風孔をあける必要にめざめた、というのが事実であるのだが。

「けっきょく、ムライ中佐に、全部あとしまつをしてもらうことになったなあ」

いちおうこれは反省の弁ではあるのだが、どう考えてもムライ中佐のほうがヤン少佐より、整然たる処理能力に恵まれているのはあきらかだから、収容所にとってはこのほうがよいのだ、と、ヤンは思いこむことにした。ムライ中佐は、新任の所長が来るまでエコニアにとどまるという。ほとんど手をあわせたくなるほど、ヤンにとってはありがたいことであった。いずれ自分がまちがって出世したら、彼にはいい思いをしてもらおう、と、ヤンは、ありそうにもない空想をめぐらしたのであった。

　こうしてムライ中佐とは、いったん別れることになった。いずれ軍法会議の席上で再会することになるだろう。パトリチェフ大尉とは、まだしばらく、おつきあいすることになりそうだった。

「少佐どのには、うっとうしいことでしょうが、ハイネセンまでよろしくお願いします」

「こちらこそよろしく。貴官がいてくれるとなにかと心づよいからね」

　嘘ではない。パトリチェフ大尉には、同席者の気分を楽観的にする人徳があるようで、プレスブルク中尉に捕われたときでも、あまり悲観的な気分にならなかった。陽性だが、からっぽの陽性ではない。この大男を、ヤンは、高く評価する気になっている。

「それでは、私は出立の準備がありますんで、失礼します。なにしろ荷物が多くて……」

「そんなに荷物持ちなのかい、貴官は」

　巨漢は身体にふさわしい、大きなため息をついた。

「いや、私の荷物なんぞささやかなもんです。ケーフェンヒラー爺さんのお手伝いですよ」

## Ⅲ

宇宙暦《SE》七八九年の新年を、ヤン・ウェンリー少佐は、惑星マスジッドの宇宙港で迎えることになった。同席者は、パトリチェフ大尉とケーフェンヒラー老人である。便の乗りつぎに八時間の待ち時間があり、七八九年最初の便で、ヤンら三人は惑星ハイネセンにむかうことになっていた。

広い待合室は、新年祭の飾り物であふれていた。まだ旧年中であるのに、円錐《えんすい》形の紙帽子をかぶって浮かれ騒いでいる人々がいる。ようやく待合室の椅子を三人ぶん確保して、大佐と少佐と大尉の奇妙なトリオは、やれやれとばかりにすわりこんだ。やがて最年長者が、なにかアルコール飲料とつまみがほしいと言いだし、年少のふたりは、売店を捜すためにその場を離れた。歩きながら、パトリチェフが厚く広い肩をすくめてみせた。

「あの老人、私らを従卒だとでも思いこんでるのじゃありませんか。まったく人使いの荒いことといったら……」

「同感だね」

ヤンは大きくうなずいた。

「でも不思議と、あまり怒る気がしないな。まあ、生命の恩人にはちがいないんだし、ハイネセンに着くまでぐらい、従卒がわりでもいいさ」

ひとつには、ヤンは士官学校を卒業して一年半しか経過しておらず、従卒を使うことなど、いまだに慣れていなかったことがある。若くして、他人に奉仕されることにごくしぜんに慣れ、それが雰囲気にしっくりくる人もいる。帝国の青年貴族など、そういう人が多いであろう。ヤンはそうではなかった。貧乏性というべきかもしれないが、そもそも二一歳ぐらいの年齢で他人を使うことのほうがおかしい、とヤンは思っている。むろん自分自身にかんしてのことであって、他人の生きかたに口をだす気はない。

ようやく見つかった売店は大混雑だった。いくつもの航路が交差する恒星間交通の要地であり、乗降客も数多い。旅の途中で新年を迎えることになった人々は、本格的なパーティーなど望むべくもないが、せめて乾杯の酒をもとめて売店へと足をむけたのである。シャンペンは売り切れ、ワインも売り切れ、ビールとウイスキーだけ、と叫んでいた売店経営者の老婦人が、客から手ぎわの悪さを責められて答えている。

「しようがないですよ。勤続一〇年の主任が、軍隊にとられてしまってね。商売にさしつかえるったらありゃしない。無事に生きて還ってほしいもんですけどねえ」

ここで、じろりと制服姿の軍人に非好意的な視線をむける。ヤンは思わず首と肩をすくめたが、老婦人は、〝エル・ファシルの英雄〟の顔を記憶していなかったようだ。あるいは、パトリチェフ大尉の巨体が、老婦人の視線をさえぎったのかもしれない。

「まったくだ、みんな無事に還ってくるといいねえ」

悠然として、パトリチェフは答え、缶ビール一ダース、チーズ、ドライソーセージ、ポテトチップスなどを気前よく買いこんだ。缶ビール一ダースは多すぎるのではないか、とヤンは思ったが、半ダースはパトリチェフひとりで消費するのだろう。ふたりはそれぞれ紙袋をかかえこみ、人ごみをわけてケーフェンヒラー大佐のもとにもどった。宇宙暦《SE》七八八年は、五分しか残されていなかった。

ケーフェンヒラー大佐は、この四〇年以上、捕虜用の作業服を着用していたし、その前には軍服だった。ネクタイにスーツという服装は、内務省の官吏だった時代以来のことである。惑星エコニアではほとんど唯一の紳士服専門店でつくられたスーツの布地を、ケーフェンヒラーは指先でつまみあげ、眉間にわずかな皺をよせた。

「やれやれ、あわれな捕虜からりっぱな市民待遇にしていただいて、ありがたい自由の身になったはずが、かえって窮屈になってしもうたわい。ゆっくりと絞首刑に処されとるような気分で、どうにもおちつかん」

憎まれ口をたたきながら、それでもけっこう着心地を楽しんでいる風情《ふぜい》である。パトリチェフが缶ビールを手渡すと、その銘柄を見て、老人は鼻を鳴らした。

「ハドリアン・ビールとは、聞いたことのない銘柄じゃな。おおかたこのあたりのローカル銘柄じゃろう。わしは同盟のビールでは、アルンハイム印が好きなんじゃがな」

「どうもすみません」

思わずヤンがビール会社にかわって謝ったとき、待合室全体を歓声がつつんだ。時計の鐘が鳴りひびく。年が変わったのだ。

「新年おめでとう！」

「あたらしい年に乾杯」

「旧い年に別れを」

「今年こそ勝利による平和を！」

最後の台詞は、銀河帝国の〝元帥量産帝〟コルネリアス一世の親征がおこなわれた翌年——帝国暦三六〇年、宇宙暦《SE》六六九年——以来、使われるようになった新年のあいさつである。その声を耳にしたとき、老人は、皮肉っぽく笑って小さく復唱した。

「乾杯するとしようか、わしらも」

ケーフェンヒラー老人の声で、パトリチェフがつぎつぎと缶ビールの蓋をあけた。どこかから極彩色の紙テープが飛んできて、三人の頭上に絡みかかる。

「乾　杯《プロージット》！」「乾杯！」

それぞれの公用語で、新年と、それにともなうなにかを祝福した。周囲の騒ぎに負けぬように、かなりの大声をださねばならなかった。若い兵士の一団が、頭からビールをかけあっている。テープをもって子供が走りまわる。同盟建国祭とならぶ最大の祝祭である。混乱にちかい騒ぎも当然のことであった。その騒ぎのなかで、ハドリアン・ビールを二缶あけたケーフェンヒラーは、陶然としてきたようである。

「ふむふむ、まずいビールでも、アルコールがはいっていれば、それなりに酔えるらしいて」

「ハイネセンに着いたら、アルンハイム・ビールで乾杯しましょうぜ。お望みなら、帝国産のビールも手にいれることができると思いますよ」

パトリチェフの大きな力強い掌に握られているビール缶は、すでに五本めである。酔いに老顔をほてらせたケーフェンヒラーは、大きく口をあけて陽気に笑った。

「ほう、でかいの、お前さんも老人を遇する正しい道がわかってきたらしいな」

笑いをおさめると、老人の両眼に若々しげな光が宿った。

「だがな、わしだって昔から老人だったわけじゃない。第二次ティアマト会戦のときなんぞ、わしはかけだしの青二才だった……」

老人はかるく頭をふった。

「第二次ティアマト会戦というのは、それはすさまじい戦いじゃったよ」

老人が往時を回顧するときには、〝遠い目〟をするものだという。このときケーフェンヒラー大佐は、両眼を閉ざし、その表情を瞼の奥に封じこんでいた。だが、その姿勢それじたいから、ヤンは、ケーフェンヒラーの想いが、記憶の河を過去へと遡行していることを洞察できたのである。
……第二次ティアマト会戦に参加したケーフェンヒラー大佐の地位は、コーゼル大将の艦隊司令部における情報参謀のひとり、というものであった。情報主任参謀はシュテッケル少将という人であったが、この人から命じられて、ケーフェンヒラーは司令官コーゼル大将のもとに単独で出頭させられた。まだ帝国軍の最前線基地で、総兵力の大集結がおこなわれたときだ。出頭の途中、ケーフェンヒラーは、幕僚の一団をしたがえた全軍総司令官ツィーテン元帥と往《い》きあった。

ツィーテン元帥は五五歳で、頭部はすでに七割がた不毛地と化していたが、灰色の眉と口髭はみごとにそろっていた。どちらかといえば、最前線より、軍務省本省や統帥本部での勤務が長い人で、今回の会戦でよほどの惨敗を喫しないかぎり、次期軍務尚書の座は確実であろうといわれていた。ケーフェンヒラーの敬礼にたいし、かるくうなずいただけであったが、傲然というより気にもとめぬという態度であった。それに圧倒されたのは、ケーフェンヒラーの貫禄《かんろく》負けというものであろう。

歩を進めたケーフェンヒラーは、またひとりの高級士官と出会った。その人物は、副官らしい士官とともに、コーゼル大将の部屋から出てきたのだ。

その人物はシュタイエルマルク中将であった。当時三八歳で、やや痩せ型の、知的だが気むずかしげな人物に見えた。ケーフェンヒラーが敬礼すると、黙然と敬礼をかえしたが、青灰色の沈着そうな瞳が、若い大佐の印象に残った。

シュタイエルマルクと入れかわるかたちで、ケーフェンヒラーは部屋にはいった。幅の広いたくましい身体、レーザーの傷跡が大きく白く残る右手の甲、まだ充分に豊かな茶色の髪、するどい迫力に富んだ、明るい褐色の目。それらをもつ中年の男が肉視窓のそばにたたずんでいた。

これがコーゼル大将で、すなわち、ケーフェンヒラー大佐が所属する艦隊の司令官であった。年齢はちょうど五〇歳で、前線勤務歴はツィーテン元帥をうわまわる。つねに最前線にあって〝叛乱軍〟と干戈《かんか》をまじえ、敗北例も一度にとどまらないが、その戦場経験と勇猛さから、〝叛乱軍〟の将帥たちに警戒されていた。彼は、きわめてめずらしい平民出身の大将であった。平民出身の大将がしばしば登場するようになるのは、じつに、この第二次ティアマト会戦によって貴族出身の高級士官が多数、戦死して以後のことである。

「卿《けい》はこの艦隊に所属するまでは、ミヒャールゼン提督の補佐をしておったそうだな」

「はい、過分ながら、同名のよしみでなにかと親切にしていただきました」

何気なくケーフェンヒラーは答えたが、コーゼル大将の表情は、裏面になにやら潜めているようであった。

「ほう、それはけっこう。それで卿は、ミヒャールゼン提督からなにか重要な相談にあずかったことはないか」

「は、べつにそのようなことは」

「ではミヒャールゼンがなにやら後ろ暗そうな相談を卿《けい》にもちかけたことはなかったか」

ケーフェンヒラーは唾をのみくだした。

「いったいなんのことでしょうか、失礼ながら閣下、小官には閣下のおっしゃることの意味がつかめませんが」

コーゼル大将は口もとをゆがめた。

「なるほど、なにも知らんというわけだ。それならそれでよい。由《よし》ないことを口にしたが、忘れてくれ」

上官がそう言ったら、ひきさがるべきなのだが、ケーフェンヒラーは、そうしなかった。その目つきを見て、コーゼル大将は、語をかさねる必要を感じたようである。やや表情をあらためて告げた。

「ケーフェンヒラー大佐、私はこの戦いから帰ったら、統帥本部の重職につく予定だ。たぶん次長になるだろう」

「ご栄達おめでとう存じます」

そうとしかケーフェンヒラーは答えようがなかったが、コーゼル大将は、部下の儀礼を無視して語りつづけた。

「私は、いわば大工として統帥本部に呼ばれたのだ。統帥本部の屋根や床に、いくつも穴があいているようなのでな」

「…………」

「ミヒャールゼンはその穴のありかをよく知っておるようだ。いろいろと協力してもらうことになるだろう。卿にとっては不本意なことになるかもしれんな」

コーゼル大将は口を閉ざし、立ちつくすケーフェンヒラーにするどい一瞥を投げつけて、顎をしゃくった。さがれ、という合図である。とうてい貫禄でおよばないケーフェンヒラーは、ぎごちなく敬礼して、司令官の前から退出した。艦内の廊下を歩きながら、しだいにケーフェンヒラーの両脚が慄えだした。コーゼル大将の言葉に、おそろしい意味が秘められていることを、ケーフェンヒラーは悟らざるをえなかったのである。

## Ⅳ

そして一二月一一日一八時一〇分。〝軍務省にとって涙すべき四〇分間〟が始まる。同盟の宇宙艦隊司令長官ブルース・アッシュビー大将の直接指揮による大攻勢が開始されたのだ。

この時点で、帝国軍はすでにミュッケンベルガー中将、カルテンボルン中将、パルヒヴィッツ少将らの高級士官を失っていたが、同盟軍も猛将ベルティーニ中将が戦死したところであり、激化する戦況は、いずれが有利とも判断がつかなかった。それがいっきょに大勢を決するにいたったのだ。

帝国軍は前後から挟撃され、流星雨と見まごうばかりの砲火のもとに薙《な》ぎ倒された。無数の爆発光が、各艦のスクリーンを虹色に彩った。敢然としてコーゼル提督は反撃を指示し、その気骨と経験ゆたかな戦術によって、短時間ながら敵の猛攻をはねつけた。だが、同盟軍の攻撃は一瞬ごとに激化し、ことに一八時二七分に開始された横撃《おうげき》の苛烈さと巧妙さには、ついに抵抗することができなくなった。

それは同盟軍屈指の名将、フレデリック・ジャスパー中将とウォリス・ウォーリック中将の巧緻な連係による攻勢であったのだ。どちらかいっぽうの攻勢であれば、百戦錬磨のコーゼルは、かろうじて踏みこたえることができたかもしれない。だが、コーゼルの指揮能力も、その兵力も、左右の雄敵を同時に相手どって、限界をこえ、過負荷状態となった。艦列が突きくずされ、陣形に生じた亀裂は、ほとんど瞬間的に拡大した。そこへさらに同盟軍の砲火が割りこんで、破壊と殺戮をほしいままにした。一八時三六分、コーゼル大将の旗艦ディアーリウムは、同時に三本の砲火を突き刺され、艦橋にいちじるしい損傷をこうむった。爆発が生じ、ケーフェンヒラーは床にたたきつけられた。全身打撲の痛みに耐えて、ケーフェンヒラーはようやくよろめき立った。

「コーゼル大将！　司令官閣下！」

音程をはずしたぶざまな声が、自分自身のものだと判明したのは、声が消えさってからのことである。この惨劇に二分遅れて、四〇〇万キロをへだてたべつの戦域では、べつの悲鳴が発せられていた。

「司令官戦死！　シューリーター大将閣下戦死！」

帝国軍の人的資源は、すさまじいとしか表現しようがないほどの損失をこうむりつつあった。じつに六〇名の将官の生命が、この四〇分間に失われたのである。ディアーリウムの艦橋にいた二四名のうち、コーゼル大将を含めて一〇人が即死し、一一名が重傷を負い、軽傷ですんだのはケーフェンヒラーら三名にすぎなかった。

「動力を停止せよ。しからざれば攻撃す」

その信号が、肉薄してきた同盟軍の戦艦から発せられた。むしろその信号を見たとき、ケーフェンヒラーは味方の大敗をさとったのである。降伏勧告の信号を発するだけの余裕が、敵に生じたということであった。重傷をおって倒れていたシュテッケル少将が、ケーフェンヒラーを呼び、降伏するよう指示をあたえた。軍服は破れ、髪は乱れ、血を流した姿で、ケーフェンヒラーは指示にしたがった。

……クリストフ・フォン・ケーフェンヒラーにとって、これが帝国軍人としての人生の終わりであり、捕虜としての生活の始まりであった。捕虜たる身を同盟軍の輸送艦にうつされた直後、帝国軍にとって生きた災厄ともいうべきブルース・アッシュビーが戦死したことを知った。

勝ったはずの〝叛乱軍〟の兵士たちが泣いているのを見ながら、ケーフェンヒラーは、ぼんやりと、死にそこなった自分の未来に待つものの姿を考えていた。

「まあ、そう悪い生活でもなかった。これほど長くなるとは思わなかったが、すぎてしまえば一瞬の夢と変わるところはない」

述懐しながら、ケーフェンヒラーは、三本めの缶ビールに口をつけている。帝国と同盟と、優劣を比較するのはなかなかにむずかしいが、ビールの味だけは、まちがいなく帝国のほうが上だった。あるいは錯覚かもしれぬが、錯覚は味覚の大いなる一部ではないだろうか。

ケーフェンヒラーは、輸送艦に乗せられてそのままタナトス星系へ直行した。そこで将官だけが別の場所へつれていかれ、大佐以下の者は惑星エコニアの収容所に送りこまれた。ここで何年をすごすことになるのだろう、と、ケーフェンヒラーは想像したが、その時点では見当もつかなかった。

故郷を想いながら異境で死んでいった戦友たちにたいし、同情はおぼえながらも、ケーフエンヒラーは、とまどいをも禁じえなかった。なぜそれほど帰りたいのだろう。ケーフェンヒラー自身とことなり、彼らには、帰って吉《よ》いことがあるにはちがいない。いや、あるつもりだろう。だが、彼らの故郷は、彼らの心に描かれたままの姿を保《たも》ちえているであろうか。ようやく捕虜の身から解放され、家に帰ってみれば、妻はほかの男とともに姿を消し、廃屋《はいおく》だけが残っていた、ということだってあるだろう。そのような事態を想定してみないのか。想定してもなお帰りたいのだろうか。

ケーフェンヒラーには理解できなかった。正確には理解したくなかったのかもしれない。だが、彼自身の心情とはべつに、何年かに一度の捕虜交換によって解放される戦友たちを、幾度か彼は送りだした。亡くなった戦友の遺品に、悔みの手紙をそえて、幾度となく彼は帝国本土へフェザーン経由で郵送した。一年以上が経過して、未亡人から鄭重な謝礼の手紙がとどけられたこともある。淡々とした日常のうちに、時は収容所の外とケーフェンヒラーの皮膚の上をとおりすぎ、昏《くら》い目をした帝国軍の青年士官は、中年を通過して老境にはいった。歴代の収容所長のうち、半数は、ケーフェンヒラーに好意的であって、捕虜交換リストに優先的に名前を載せてくれようとしたが、彼はそれを謝絶して、収容所の壁のなかで人生を完結させるつもりでいた。それが、にわかに事件が出来《しゅつたい》して、ケーフェンヒラーは永住地を追いだされてしまった。いささか思いがけない展開であったが、だからこそ人の世はおもしろい、ということにしておこう……。

いつかケーフェンヒラーの瞼も口も閉ざされ、年老いた旧帝国軍人は、顔をうつむけて、さわがしい現実を意識の外においだしてしまったようだ。パトリチェフが苦笑した。

「眠っちまいましたぜ。気楽なものだ」

「眠らせてあげるさ。たっぷり時間があることだし……」

そう言って、ヤンは、自分自身の缶ビールを飲みほした。パトリチェフ大尉が、アルコールで温められた息を吐きだした。

「で、少佐どのは、今後どうなさるんです。いや、出すぎた質問で申しわけありませんが」

「そうだな、あんまり自由選択の余地はないと思うよ。大ざっぱだが、イゼルローン方面の前線に出るか、統合作戦本部で書類に埋もれるか、どちらかだろうなあ」

そうそうアレックス・キャゼルヌの手腕と友誼にたよりきってばかりもいられない。〝エル・ファシルの英雄〟という虚名と二人三脚で、自分自身の人生を切り開いていかねばならないだろう。やれやれ、と言いたいところだが、しかたない。

不意に、ぐらりとケーフェンヒラー大佐の身体が揺れて、パトリチェフにもたれかかった。そっとおしかえそうとして、

「……少佐どの、ちょっと変ですぜ」

パトリチェフの声から笑いの成分が失われた。ヤンの胸郭の奥で、心理の水面に見えない石が投じられた。彼は呼吸をととのえ、眠りこんでしまったように見える老人の肩を、そっと揺すった。

「大佐どの、ケーフェンヒラー大佐どの」

返事はない。帝国内務省官吏、帝国軍士官、捕虜、そして同盟市民権保持者となったクリストフ・ケーフェンヒラーは、閉ざした瞼を開こうとしなかった。

パトリチェフが巨体を揺らしながら、医務室への電話をかけに行った。彼が駆けもどってく

るまで、三〇〇秒ほどのあいだ、ヤンは、彼の手のとどかない場所へ去ってしまったらしい老人の影によりそってすわっていた。アルフレッド・ローザス元帥につづいて、ヤンは、短期間のうちにふたたび年長の知己を失ったのであった。

パトリチェフにつづいて中年の女医が駆けつけ、きびきびと処置をほどこした。ケーフェンヒラーの心臓は、酔いから眠りへ、眠りから死へと、苦しみなく変化していったということであった。

銀河帝国の貴族として生まれたクリストフ・フォン・ケーフェンヒラーは、自由惑星同盟《フリー・プラネッツ》の一隅にある惑星マスジッドの宇宙港の待合室で、七一年の生涯を終えたのである。

# 第九章　出口をさがす旅

## I

宇宙暦《SE》七八九年。ヤン・ウェンリー少佐にとって二年めが始まる。最初の仕事は、惑星マスジッドの宇宙港待合室において死去した老人の問題を処理することであった。医師に死亡診断書を書いてもらい、遺体をどうするか決定しなくてはならぬ。葬《とむら》うとすれば、宇宙葬か火葬か土葬か、あるいは冷凍状態で惑星ハイネセンに送るか。老人の遺品、ほとんどが書籍や資料のたぐいだが、それをどうするか。老人の収容所からの釈放と、それにつづく急死は、さまざまな法的問題を派生させる。同盟市民の権利をえたケーフェンヒラーだが、こちらにはひとりの身寄りもいるわけではない。帝国のほうには家族が残されているのだろうか。考えるほどに、処理すべき課題が増殖するので、ヤンはかるい頭痛を感じ、

「やれやれ」

と口にだして言ってみた。これは白魔術の呪文ではないので、そう口にしたからといって、

いっこうに事態は好転しなかった。

「妙なことになったものですなあ。いや、老人がひとり急病で死んだだけ、ということでは妙でも珍でもありませんが」

パトリチェフ大尉の感想も、いささか精彩を欠く。ヤンはうなずいたが、これは同意や共感をしめしたというより、機械的な反応でしかなかった。ケーフェンヒラー大佐は、いくつかの秘密なり情報なりをかかえこんだまま逝ってしまったのだ。惑星エコニアの捕虜収容所から四〇余年ぶりに釈放され、自由な市民の身となり、老後の生活もひとまず保障されて、さてそれから彼はあたえられた時間をなにによって埋めようとしていたのか。おそらく著作でもおこなう意図ではなかったか、と、ヤンは思っている。だからこそ、収容所時代に読破したり収集したりした資料を、すべて荷づくりしてもちだしたのだ。収容所ですごした歳月をなつかしんでのこととも思えなかった。

ケーフェンヒラー大佐が死後に診断をうけることになった中年の女医は、ヤンの名を聞いて好意的にうなずいただけで、よけいなことはなにもいわなかった。

「死因は急性の心筋梗塞ですが、たぶん既応症があったと思いますね」

あと冠状動脈がどうとか言っていたが、ヤンにはよくわからない。自然死で、どうやら苦痛もなかったようだ、という女医の言葉が、ヤンを安堵させた。身内の方ですか、という質問にたいして否《ノー》と答えてから、人間関係の説明にヤンは困惑した。かわって説明したのはパトリチエフ大尉である。

「あの御老人は、帝国からの亡命者でね。軍にとってわりと重要な人だったので、私らが惑星ハイネセンまで同行するよう、上層部《うえ》から命令されておったのです。ですから、葬式についても、私らの一存で決定できんのですよ。ご迷惑でしょうが、ご諒承ください」

事情を四捨五入して過不足なく説明できるのは、パトリチェフの貴重な才能である。さらに、軍の機密の存在をほのめかせながら、けっして高圧的にならず、悠然たる態度で結果的に相手の好意的な協力をひきだしてしまうあたりが、さらに貴重な為人《ひととなり》というものであった。パトリチェフの説明をうけた女医は、かるく目を瞠《みは》ってうなずき、応急的に、ケーフェンヒラー大佐の遺体を宇宙港の遺体保存室に収容する手配をしてくれた。事故や急病の死者、身もと不明の遺体が、このような場所ではけっこう多いのだという。

結果として一週間、ヤンとパトリチェフは惑星マスジッドに滞在することになった。なにしろこの期間、大規模な軍事行動もおこなわれておらず、国防委員会も統合作戦本部も新年休暇中であった。ヤンとしては指示が必要であったのに、公的な指示をくだす者が不在だったというわけである。アレックス・キャゼルヌ中佐の私宅に超光速通信《FTL》をいれてみたが、ようやくつうじたと思えば、不在電話がこう答えるだけであった。

「これは不幸の留守番電話です。これを聴いた人はただちに五〇軒の家へ電話してください。実行した人はさらに不幸になれます。では失礼……」

先輩のユーモア・センスを、その事務的才能ほどにヤンは評価していなかったから、この留守番電話は自分ひとりを目的としてセットされたものではなかろうか、と猜疑した。おそらくキャゼルヌは、オルタンスとやらいう恋人と新年休暇を楽しくすごしているにちがいない。そう想像し、視線を自分自身にむけてみると、いささか不公平ではあるまいか、という気がしてきた。ヤンは現在のところ恋人もおらず、住所不定、職場未定の身を辺境ちかい惑星の上において、血縁でもない老人の遺体を守っていなくてはならないのだ。おまけに、ホテルがいずれも満室ということで、宇宙港の土木作業員用の宿舎におしこめられた。これとても、パトリチェフが宇宙港事務局に交渉してくれた結果であった。

「私はエル・ファシルの英雄だ！」

そう名のれば魔術のごとく豪華な客室が出現したかもしれないが、そういうやりかたはヤンはどうも好きになれなかった。軍人であり、士官であるということで、ヤンはすでに幾分かの特権を手にしている。それ以上のものを手にしようとは思わなかった。それに、これはけっこう重要なことだが、もともとヤンは豪華な環境よりうらぶれた雰囲気のほうがなんとなく性にあうのである。〝窮屈よりボロがまし〟という型にちかい。

ケーフェンヒラー老人の遺体は預かってもらったが、老人の遺品は預ける相手が見つからず、ヤンたちと同居生活を送ることになった。というより、ヤンとパトリチェフが、遺品の皆さんがたのお部屋の隅に同居させていただくことになったのだ。いっそ放りだしてしまいたいくらいですな、と、パトリチェフは常識的な見解を述べたが、結果としてそうなってしまうとしても、現時点ではすべて保存しておかねばならなかった。勝手に処分するわけにはいかないのだ。

一月一日現在の自分がおかれた状況から、この年が全人類にとってどのような意義を有することになるのか、ヤンは予測してみようとして断念した。自分ひとりの未来さえつかみかねているのに全人類どころではない。

無為徒食《むいとしょく》はヤンの理想とするところだが、このような状況ではあまり悠然と現状を楽しむ気にもなれなかった。故人の遺品をあまりかきまわすのもどうかと思ったが、ほかにやるべきこともないので、ヤンは、ケーフェンヒラーのトランクのひとつを開けてみた。詰めこまれていた分厚いノート類のページをめくってみる。四〇年にわたる歳月の塵がページのあいだから舞いあがって現実の時間帯にちりばめられた。ヤンの目が、いくつかの帝国公用語の単語をひろいあげた。〝軍務省〟〝元帥〟〝会戦〟〝調査〟〝戦死〟〝謀殺〟〝査察〟……ヤンは埃を吸った咽喉から小さな咳をもらした。つまりケーフェンヒラー老人の遺品は、過去に生じたいくつかの事件の深層にせまるものであったのだ。

ヤンとしては、砂漠で地下水脈を掘りあてたようなものである。とはいうものの、これが他人の井戸であることをヤンは承知していた。それを掘りかえすのは、他人の水を盗む意図からではなく、井戸が砂に埋もれてしまうのをおしむからである。本来、暇をおしんでなにかをやるという思想も資質もヤンには欠けているが、こと過去の歴史を掘りおこすという一点にかんしては、例外的な行動を、この黒い髪の青年はおこすのだった。

一月四日にいたって、ようやくアレックス・キャゼルヌと連絡がとれた。ひとたび連絡がとれると、事態はきわめて能率的に進展をみた。キャゼルヌの手配で、ケーフェンヒラーの遺体は惑星マスジッドの公共墓地に埋葬されることが決定した。遺品はヤンが管理してハイネセンに持参し、一部はフェザーンを中継して帝国本土の遺族のもとに送られる。資料等のうち公的価値ありと認められるものは軍の公文書館に収蔵されるという当面の決定であった。

士官学校受験にさきだって、ヤンが父親の葬式をあげたのは六年前のことである。ヤンにとって、葬儀をとりおこなうのは生涯で二度めの経験であった。ケーフェンヒラーはただ一度足を踏み入れた惑星の土となるわけだが、遺体をハイネセンに埋葬するのは、さらにおかしなものである。生前に行ったこともなく、行きたがっていたわけでもないのだから。母国へ帰る意思も棄てていた彼は、生前、漂泊者であり、死後も、たまたま立ちよった土地に眠るのがふさわしいのかもしれなかった。

「こんな場所に埋められて、吾々《われわれ》みたいな人間に葬儀をとりしきられるなんて、あの爺さん、想像もしなかったでしょうなあ」

しばしばパトリチェフは、ヤンの心情を明晰に言語化してくれる。惑星マスジッドの宇宙港から二〇キロをへだてた公共墓地は、緑と静寂のなかに埋もれていた。移住者が一〇〇年以上にわたる緑化の営みをつづけて、今日見られる常緑樹の群落をつくりあげたのである。高処《たかみ》にあって、白っぽくかがやく宇宙港の施設群を遠望できるのは、本来埋葬されぬはずの土地に埋葬された死者たちにたいする、この惑星の人々の思いやりであろう。飛び発《た》つ宇宙船とともに魂が星界の涯《はて》なる故郷へ帰れるように、という。

ヤンが預かったケーフェンヒラー大佐の遺品のうち、腕時計や愛用のペンなどは、所有者とともに柩《ひつぎ》に収められた。帝国本土にケーフェンヒラーの遺族が健在であるなら、そちらへも遺品を送らねばならぬ。ケーフェンヒラーの墓石の銘も、ヤンが撰《せん》しなくてはならなかったが、このような場合、余分な文章は必要ないものだ。ケーフェンヒラーの生年と没年、そして〝生涯に幾人かの生命を救った〟、それで充分なはずであった。ヤンが墓石の銘を撰したことについて、故人が柩のなかで肩をすくめたか、にやりと笑ったか、ヤンには知りようもない。たしかなことは、銘文を同盟公用語ではなく帝国公用語で彫ってもらったので、一五〇ディナールよぶんに費用がかかったという事実であった。

## Ⅱ

一月二八日、ヤン・ウェンリー少佐とフョードル・パトリチェフ大尉は惑星ハイネセンに到着した。本来であれば、これほどの時日を要する旅程ではないはずだが、直行便に空席がなかったり、航路の状況が悪化して欠航したり、ひとつひとつは小さな要件が連鎖して、ヤンに時間の消費を強制させたのであった。

ハイネセンの軍事用宇宙港から統合作戦本部に直行し、帰還の報告をすませ、待命の指示をうける。あわただしい三カ月たらずのあいだに行をともにしたパトリチェフと、ヤンは別れの握手をかわした。パトリチェフは家族と二年ぶりの再会をはたすために去ったのだが、

「またごいっしょに仕事できれば嬉しいですな」

と言い残したものであった。

ヤンのほうは、官舎があらたにふりあてられるまでは安ホテル生活ということになりそうだった。両手にスーツケースをかかえ、肩にバッグをかけて建物の外に出ると、記憶にある顔の持ち主が彼の名を呼んでちかづいてきた。

「お帰りなさい、先輩」

「なんだ、迎えに来てくれたのか」

「男で残念でしょうがね、キャゼルヌ先輩にたのまれまして」

ダスティ・アッテンボローが笑いかけ、先輩の手からスーツケースをもぎとった。彼らふたりの共通の先輩であるアレックス・キャゼルヌが、ヤンのために慰労の席をもうけてくれたという。レストランではなくキャゼルヌの官舎で、婚約者の手料理をごちそうしてくれるというのだった。

「キャゼルヌ先輩の婚約者は上官のお嬢さんだそうですよ」

この情報は、完全には正しくなかった。オルタンス・ミルベールという女性の父親は、同盟軍の士官で、たしかに一時期はキャゼルヌの上官であったが、たいして栄達もせぬまま退役して、現在は在郷軍人会の事務をしているという。べつにキャゼルヌは、出世のために上官の娘にちかづいたわけではない。そういう人生行路を歩む人物でないことは、ヤンにはわかっているつもりだった。

無人タクシーで走行すること一五分、アレックス・キャゼルヌのあたらしい官舎は芝生と樹木にかこまれた独立家屋だった。結婚がちかいので、アパート式の官舎から転居したのである。客人を迎えて、キャゼルヌは婚約者を紹介した。

「こちらオルタンス・ミルベール嬢……もうすぐキャゼルヌ夫人になる」

公人としてのキャゼルヌの現実処理能力を思えば、私生活における彼は、さほど器用ではない。婚約者を後輩たちに紹介するキャゼルヌの口調は、照れを隠すのに精いっぱいというところであった。食事の用意をしていたオルタンス・ミルベールは、くしゃみする仔犬をデザインしたエプロンを着けたまま、気さくに客人にあいさつした。

「アレックスがなにかとお世話になっているそうで、ありがとうございます。結婚してからも遊びにいらしてくださいね」

オルタンス嬢、ちかい未来のキャゼルヌ夫人は、この年二三歳ということだった。茶色の髪と目をして、血色のよい、健康美人という表現がよく似あう女性である。ヤンもアッテンボローも、ごくしぜんに好感をおぼえた。おりから、食堂からただよってくる料理の芳香が、彼らの食欲中枢をとおして、その好感をさらに高めたことはうたがいない。

「オルタンスは料理がわりと得意でね」

アレックス・キャゼルヌの表現は、控えめにすぎるほどだった。ヤンにせよアッテンボローにせよ、美食家にはほど遠い。士官学校や軍隊の生活で、舌も胃も洗練と逆方向の位置に固定されている。空腹が癒やされて、栄養が補給できればよい、というじつに貧しい思想に支配されている。だが、近未来のキャゼルヌ夫人がだしてくれた手料理は、食事とは最上の喜びであるという考えの具現化であった。アッテンボローは雉子《きじ》肉のシチューを二杯もお代わりして、

「シチューがお好きなの」

と問われ、

「今日から好物になりました」

と答えた。食事のためならいくらお世辞をいってもよいものらしいが、この場合、心にもない台詞ではなかった。ヤンは一杯しかお代わりしなかったが、これはアッテンボローにさきをこされたためで、食事にかんするかぎり先輩後輩の序列など通用しないのであった。キャゼルヌはお代わりしなかったが、これは、いつでも食べられるという余裕のせいであろう。

食後、キャゼルヌとアッテンボローにはコーヒーが供され、ヤンにはちゃんと紅茶がだされ

た。近未来のキャゼルヌ夫人の心づかいに感銘をうけながら、ヤンは、かかえこんでいた話を始めた。ケーフェンヒラー老人の死、それにからまるいくつかの歴史上の事件についてである。

「おれは席をはずしましょうか」

アッテンボローが腰を浮かしかけたが、かるく片手をあげて、キャゼルヌがそれを制した。

「柄《がら》にもなく気を利かせたりせんでいい。で、どういうことが具体的にわかったんだ」

ヤンは即答しなかった。もったいぶるほどの余裕はない。なるべく整然と説明したかったので、情報と知識の再整理をこころみたのである。彼はまず、自分の知識が、故人となったクリストフ・フォン・ケーフェンヒラーの遺した資料におうところ大であったことを明言した。ケーフェンヒラーは、ジークマイスターやミヒャールゼンが銀河帝国の内部にスパイ網をつくっていたという事実をつかんでいたのだ。

「それは主義のためか。彼らは民主共和政に共感していて、そのために、自分たちが属していた国家を裏切ったのか」

「ジークマイスターという人の場合は、そうらしいですね」

なかなかに、表現とはむずかしいものであった。ヤンは、政治的信念による犯罪が金銭を目的とした犯罪より上等だとは思っていない。いずれにしても、順をおって説明しなくてはならなかった。

そもそもの淵源《えんげん》は、マルティン・オットー・フォン・ジークマイスターという人物が、内務省社会秩序維持局の官僚の息子として生まれたことにあるかもしれない。彼の父親は男爵家の分家を継いで帝国騎士の称号をあたえられていた。名実ともに大貴族であればともかく、貴族社会の末端につらなる者にとって、貴族の矜持をたもつためには、さまざまな努力が必要となる。ジークマイスターの父親は、内務省社会秩序維持局に在って、民主共和思想家など〝けしからんことを考える平民ども〟を弾圧することに、帝国貴族としての自己の存在意義を見いだした。彼は職務に精励《せいれい》し、思想犯の検挙数や、拷問によって自白をえた回数などで、つねに同僚たちを圧倒した。同僚たちですら、彼の執念や容赦なさに辟易《へきえき》し、「ああまでしなくてもよかろうに」と蔭口《かげぐち》をたたくありさまだった。

思想犯から押収した民主共和主義の著作などを、彼は家までもち帰り、〝敵を知るために〟熱心に研究した。その熱心さこそが、他者の忌避をかうものであったのだが、とにかくジークマイスター家には多くの発禁書が置かれていた。そして、皮肉ではあっても当然のことに、ジークマイスター家の息子は、それらの発禁書に接することになる。彼が〝危険思想に汚染された〟のは、ひとつには、陰気で偏執的で家庭では暴君であった父親にたいする反感からであろう。社会の矛盾を見る目をそなえていたことは、むろんであるにしても。

こうしてジークマイスター青年は、銀河帝国の不公正な社会を変革するために力をいたそうと決意した。だが、ゴールデンバウム王朝の専制下にあって、銀河帝国においては、門閥貴族どうしの派閥抗争や権力闘争はあっても、政治思想の差違を公然化させることは、まずありえない。それを表面にあらわした者は、皇帝であるマンフレート亡命帝のように生命すら失うことになる。ジークマイスターは用心せざるをえなかった。

ジークマイスターは戦闘指揮官としては平凡であったが、オルガナイザーとしては傑出した才能をもっていたようである。彼は年老いた蜘蛛《くも》のような巧妙さと慎重さで、銀河帝国の国家機構の深奥部に強靭な糸を張りめぐらした。二〇歳で士官学校を卒業して以来、たゆむことなく、それをつづけた。父親が老いてますます偏執的になり、思想犯弾圧の辣腕《らつわん》も空転することが多くなるいっぽうで、息子のほうは黙々として父親が掘った穴に土を投げこんでいた。いささか象徴的ながら、帝国暦四〇八年に父親が死に、その直後にジークマイスターはクリストフ・フォン・ミヒャールゼンという同志をえた。男爵家の当主である彼も、財産をめぐる親族とのあらそいなどから、貴族社会に不信の念をいだいていた。

ミヒャールゼンのほうは、ジークマイスターほどに確固たる意思や確信をいだいていたわけではないようだ。むしろ彼は、秘密に構築され運営される組織の内部で地歩をかため、能力と権勢を発揮することに喜びを見いだしていたようである。芸術家としての喜び、と称するには語弊《ごへい》があるが、その情熱と緻密さにはうたがう余地がなかった。ジークマイスターが着工したものは、ミヒャールゼンによって完成された。それは銀河帝国の歴史上、もっとも優秀で危険な反国家的スパイ網であった。この時代、憲兵本部や社会秩序維持局の活動がとくに低下していたわけでもなかったのだから、ジークマイスターやミヒャールゼンの地下活動がいかに巧妙なものであったか知れようというものである。

やがてジークマイスターは自由惑星同盟《フリー・プラネッツ》への亡命を考えるようになった。〝自由の国〟への憧れはもとからあったし、きずきあげたスパイ網はミヒャールゼンにゆだねておいて心配はない。そしてなにより、妻と娘が、避暑地のホテルの火災で失われたことが、母国にたいする彼の執着を捨てさせた。帝国暦四一九年、宇宙暦《SE》七二八年、当時四六歳のジークマイスターは、五年ぶりの前線勤務についた。彼がみずから望んだのであり、その目的は敵国への亡命、帝国軍から見れば叛乱軍への投降であった。みずからの手でシャトルを操縦したジークマイスターは、事態に気づいた味方の追跡をふりきり、二〇日間にわたる孤絶した逃避行のすえに、同盟軍の哨戒網《しょうかいもう》にいたりついたのである。

## Ⅲ

亡命後のジークマイスター提督は、むろん自己の信念にもとづいて同盟政府に協力しようとした。同盟政府を、自由と平等の政治的理想の体現者と信じていたのである。その真摯さ、誠実さは、当時の同盟政府にとって大いに活用すべきであった。

宇宙暦《SE》七二八年から七三八年にかけて、ジークマイスターは、同盟軍統合作戦本部の分室ひとつを預けられ、そこから一万光年の宇宙空間をへだてて、帝国内部のスパイ網を遠隔操作した。彼があげた功績は、公然と賞賛されるような性質のものではなかったが、それなりにジークマイスターはむくわれた。中将待遇軍属として高給をうけ、官舎を提供され、閣下の称号で呼ばれた。だが、歳月は彼に知識と失望をあたえた。同盟の欠点が、化粧の下から見えてきた。同盟は理想国家ではなく、腐敗と矛盾をかかえこんだ現実の存在だった。

自由惑星同盟《フリー・プラネッツ》政府に失望したジークマイスターだが、それを理由として帝国へ再亡命するわけには、まさかいかぬ。現実に裏切られた理想家の傷心をいだき、怏々《おうおう》として楽しまぬ日を送っていた。そして七三八年、彼にとって希望の新星が地平に出現したのだ。亡命からちょうど一〇年、〝ファイアザード星域の会戦〟がおこり、同盟軍の完全勝利《パーフェクト・ゲーム》を演出した〝七三〇年マフィア〟の存在がクローズ・アップされた。アッシュビー、ローザス、ジャスパー、ウォーリック、ファン、コープ、ベルティーニ……いずれも三〇歳にみたぬ、かがやかしくも清新な人材集団であった。自由惑星同盟の市民たちが彼らに熱狂したように、当時五六歳のジークマイスターも彼らに惹かれた。〝七三〇年マフィア〟の名は黄金の文字によって記憶に刻印された。

ジークマイスターは、同盟軍の若い英才に賭けることを決意した。もともと軍人であり、現状を変革する手段としての軍事力に期待するところがあったのは当然である。彼は〝七三〇年マフィア〟の面々に接近した。ジークマイスターの理想、民主共和制による宇宙の再統一を実現してくれるのは、この若い颯爽たる騎士団であると信じた。というより、信じたかったのであろう。ここでジークマイスターが〝七三〇年マフィア〟のなかから主導者としてブルース・アッシュビーを選択したことが、その後、各人の運命を微妙に左右したかもしれない。ローザスやジャスパーがえらばれていれば、歴史の様相はどのていど変わっていたであろうか。

だが、帝国軍内部からの情報を最大限に生かしえたのは、ブルース・アッシュビーの才幹であったこともたしかである。ミヒャールゼンからの情報は、すべてが正確かつ必要不可欠なものばかりであったわけではなく、玉石混淆《ぎょくせきこんこう》というよりはまし、というところであった。情報を収集するにも伝達するにしても限界がある。また、情報が伝達されたあとに状況が変化する例もあるのだった。情報は生命であり、しかもその生涯は長くはない。あえて断定するなら、ブルース・アッシュビーは情報という生物をあつかう名人であった。ジークマイスターを介してミヒャールゼンがもたらした情報を、アッシュビーは最大限に活用した。この間、ジークマイスターとミヒャールゼンが共同で運営する帝国内部の諜報網は、微妙な変質を余儀なくされた。それは同盟のために情報を提供する組織ではなくなり、ブルース・アッシュビーの武勲に協力するための組織となった。そして、ほぼ七年間にわたり、両者はとくに乖離や矛盾を生じたわけではない。それが生じるとすれば、第二次ティアマト会戦にアッシュビーが完勝してかつ生き残り、軍人として最高位をきわめたあとのことであったにちがいない。軍事的英雄の極点をきわめたアッシュビーが、政治的英雄たらんとこころざしたとき、矛盾は整合されたか、それとも爆発にむかっただろうか。

そして、現実の宇宙暦《SE》七四五年、帝国暦四三六年にはなにごとが生じたであろうか。

この時期になると、銀河帝国軍としても、深刻な疑惑をいだかざるをえなかった。軍の機密が敵に洩れているのではないか、という疑惑は、戦う者にとって永遠の悪夢である。作戦に失敗した者は、自己の失敗を認めたくないとき、スパイの存在を声高に主張して責任を回避しようとする。そのように利己的な事情もいくつか存在したが、全体としての深刻さと公的な要求とが、軍組織内部の調査と査察をうながしたのであった。

いずれにせよ、一般論からしても、軍部内の私的人脈には風をとおしておく必要がある。人脈が結社化すれば、クーデターによる奪権への道が開けるからだ。その点で帝国軍の内部査察は甘くはなく、その査察の網目をくぐりつづけたミヒャールゼンの腕は尋常ではない。

あるていどミヒャールゼンの存在が突きとめられたのは、宇宙暦《SE》七四五年、帝国暦四三六年、〝第二次ティアマト会戦〟にさきだつ時期であったと推定される。事情を知った帝国軍首脳部は、怒りと戦慄を禁じえなかった。ミヒャールゼンにたいする憎悪と、彼を排除しようとの決意は、うごかしがたいものであったが、それを公然化するわけにはいかなかった。軍の名誉という気むずかしい存在が、事実を内外に知られることを拒むのである。この事実を知った者はごく一部であり、そのなかにはコーゼル大将がふくまれていたであろう。というより、コーゼル大将がその中心的存在であったのではないか。

を浴びせられた事実は、粛正の手がミヒャールゼンに伸びつつあったことを意味するよりも、むしろ犯人をあぶりだす意図を有していたかもしれない。コーゼル大将の剛直な人柄にそぐわないやりかたのようにも思われるが、その人柄の許す範囲で演技してみせたのかもしれぬ。だが、その演技も結果として徒労に終わった。

戦いは終わり、敗者の無残と勝者の悲哀とがあとに残された。目をおおわんばかりの惨敗を喫したとはいえ、帝国軍は積年の怨敵《おんてき》を打倒したのだ。また、名だたる宿将を多く失ったことから、軍務省は人材面の巨大な穴を埋めるため、若手の育成と登用をはからねばならず、現存の将官を明確な証拠もなく処断するわけにはいかなかった。ミヒャールゼンも、危険を感じて組織を〝冬眠〟させ、しばらくは活動を停止させていたものと思われる。

第二次ティアマト会戦に際して、コーゼル大将が戦死しなかったら、戦後ただちにスパイ組織の検挙がおこなわれ、ミヒャールゼン中将は逮捕から軍法会議、そして大逆罪で処刑の途を歩まされたにちがいない。だが、すべては混沌のうちに放置された。コーゼルの死もさることながら、〝完敗したが敵将を倒した〟という一種奇怪な状況と、派生した無数の問題が、ミヒャールゼンを救ったのである。

ブルース・アッシュビーの死と七三〇年マフィアの解体は、ジークマイスターにとっても深《しん》甚《じん》な打撃であった。当時この亡命提督は六三歳であり、いまだ老境とはいえぬ年齢であったが、急速に精彩を失って老いていった。彼は青年時代、銀河帝国の政治と社会のありように失望した。中年にいたって、自由惑星同盟《フリー・プラネッツ》の理想とかけはなれた現実に失望した。そしてブルース・アッシュビーの死と七三〇年マフィアの解体によって、精神的にとどめをさされたのである。ジークマイスターは隠棲を決意し、預けられた分室を他者の手にゆだねた。彼に代わった人物は、やはり帝国からの亡命者であったが、その名はすでに忘れさられている。その人物がことさら無能であったわけではなく、ジークマイスターの存在が特異すぎたのである。彼は官舎もひきはらって、ハイネセンポリスを一〇〇キロほど離れた農園の一室を借りて隠棲した。宇宙《S》暦《E》七四七年、風邪をこじらせ、医師も呼ばず、肺炎で死去した。六五歳であった。

　ブルース・アッシュビーの死がジークマイスターの精神的な死であったことと、いささか事情はことなるにせよ、ジークマイスターの死はミヒャールゼンの失墜であった。〝冬眠〟からさめたスパイ網の活動は以前に劣るものではなかったが、同盟がわの受信と解析の能力が劣化し、時代にはたす役割は急速に凋《しぼ》んでいった。ミヒャールゼンは、自分の足もとに翳りが射したことを悟った。できれば組織を解体するなり他者にゆだねるなりしたかったようだが、彼に代わる者はいなかった。ミヒャールゼンは手をひくべき時機を失った。

　ここで再登場するのが、帝国軍の名将と称されたハウザー・フォン・シュタイエルマルクである。ケーフェンヒラーの記憶においては、第二次ティアマト会戦の直前に、コーゼル大将の部屋から副官とともに出てきた姿が印象的である。彼はそのときコーゼル大将となにを語っていたのか。シュタイエルマルクは、平民出身であるコーゼル大将にたいして偏見や隔意《かくい》をいだいておらず、貴族嫌いのコーゼルも彼の才幹と識見を高く評価していた。理性や計算をこえる予見力の透明な掌が、コーゼルの心をなでたとすれば、コーゼルはシュタイエルマルクにたいし、戦後に彼が処理すべき課題の重大さにかんして一端を洩らすようなことがあったかもしれない。そしてシュタイエルマルクは、あの壮絶で血に酔うような戦いから六年後に、なにか故人の言を再確認するような事実をつかんだかもしれない。

その日、クリストフ・フォン・ミヒャールゼン中将は、軍務省参事官室で書類の決裁をしていた。その日というのは帝国暦四四二年、宇宙暦《SE》七五一年の一〇月二九日、気の早い冬の尖兵《せんぺい》が、氷雨《ひさめ》のかたちをとって帝都オーディンの官公庁街を駆けまわった日である。そしてなによりも士官一万一四〇〇名という大規模な人事異動が発表される日であったから、いつもは軍務省に姿を見せないような人物もおちつかなげに廊下を歩いたり壁ぎわで話しこんだりしており、軍務省の職員たちは彼らをさけてとおるのに苦労をしいられた。一〇時三〇分に第一次の異動が発表されたが、どのような手ちがいからか二〇分後にそれがとり消され、最初の騒動がおこった。軍務省人事局長マイヤーホーフェン中将の責任を追及する声があがり、同局長は軍務省の館内放送をつうじて謝罪した。その謝罪のしかたが尊大であるというので、また非難の声があがったが、正午前には一段落して、一三時二〇分には最終的な第一次発表がおこなわれた。このとき、参事官室から出てきたミヒャールゼン中将が、悲喜こもごもの士官たちを見やって肩をすくめた。そのありさまを目撃した者が何人かいる。ついで第二次発表が一四時三〇分におこなわれたが、一階ホールから左右と奥へ伸びる廊下にかけて士官たちがあふれかえったとき、参事官室の扉が開放されたままになっていた。昇進をはたせず失望して廊下を歩いていたフリートベルク大佐が、彼とは逆に昇進をはたして浮かれ騒ぐ一団にぶつかり、扉から参事官室によろけこんだ。そして、デスクに着いたまま、頸すじをブラスターで撃ち抜かれたミヒャールゼン中将の死体を発見したのである。今度こそ正真正銘の大騒動だった。この日、中将と面会した人物はシュタイエルマルク大将だけであったが、記録では一三時一五分に辞去となっている。一四時ごろ軍服姿の人物がひそかに参事官室を出たという証言もあったが、これでは当日軍務省に足を踏みいれた者全員が容疑者ということになり、証言の価値はない。シュタイエルマルクも証言をもとめられたが、なんら捜査に寄与するところはなかった。こうして、長期にわたる捜査のすえ、現在にいたるも犯人は不明のままである。

シュタイエルマルクは、在職中も退職後もミヒャールゼンの怪死にかんして口を閉ざし、一言も語ることはなかった。彼が退役し、穏やかな死にいたるまで、軍務省内部で大がかりなスパイの蠢動《しゅんどう》や、その摘発が問題とされたことはない。終幕はごく静かで、劇的な要素を欠くものであった。

## Ⅳ

「……これがクリストフ・フォン・ケーフェンヒラーの手によって、四〇年間をかけて集められた事件の概要です」

ヤンが語り終えたとき、彼の前に置かれた紅茶も、キャゼルヌとアッテンボローの前に置かれたコーヒーも、すっかり冷めきっていた。キャゼルヌはティーテーブルに両肘《ひじ》をつき、顎に手をあてて考えこんでいた。アッテンボローはおちつかないようすで、二度ほど脚をくみかえた。沈黙の笛が音もなくひびきわたって、にぎやかな談笑を予想したオルタンスがキッチンで小首をかしげたころ、アッテンボローが鉄灰色の髪をかきまわした。

「しかしなんというか、その、見てきたような嘘という気もしますね」

「嘘だよ」

あっさりとヤンが断定したので、彼の先輩と後輩は、ティーテーブルの上と下で非音楽的な音をたてることになった。彼らの反応を鄭重に無視して、ヤンはつづけた。

「物的証拠はなにひとつないんですよ。蓋然《がいぜん》性は高いし、説得力もあります。ですが現在のところ仮説にすぎません」

「その仮説が定説になるためには、なにが必要なんだ」

キャゼルヌの問いに、またしてもあっさりとヤンは答えた。

「もっと多くの情報です」

「簡にして要をえているな」

キャゼルヌが腕をくんだとき、未来のキャゼルヌ夫人が部屋にはいってきて、じつにしぜんな動作でコーヒーと紅茶をいれかえていった。彼女がふたたび姿を消してから、キャゼルヌが質問を発した。

「で、アッシュビー提督の謀殺説についてはどう考える？」

「謀殺説は、むしろ帝国軍のほうにこそ、それをとなえる理由があったと思います。同盟軍の軍部と政府とのあいだに相互不信の種を蒔《ま》くために」

「……ふむ、なるほどな」

キャゼルヌがうなずいた。敵国の内部を分裂させるのは、謀略戦の常套《じょうとう》手段である。ことに、有力な軍人にたいして権力者に不信感をいだかせるのは、数千年の伝統をもつやりくちだ。過去の死すら利用される。英雄の死が謀殺だった、と指摘することで、英雄を崇拝する人々の怒りと不信をかきたてることができる。一種の亡霊のようなものだ。ただ、今回は、ケーフェンヒラーが、一連の事件への関心を惹きつけるために思案したものかと思われる。当人が死去したため、事実を確認することはできないが。

ゴールデンバウム朝銀河帝国と自由惑星同盟《フリー・プラネッツ》、相互に対立するふたつの国家は、軍事機密という名目のもと、多くの歴史的な事実を秘密の扉に隠匿《いんとく》している。自由惑星同盟のほうが銀河帝国より開放的であることはたしかだが、まだまだ改善の余地は多い。

四〇年以上も捕虜収容所の扉の奥に封じこまれていたケーフェンヒラーは、自分自身の経験と、公表された事実の情報から、蓋然性に富んだひとつの仮説を生みだした。現時点ではもっともすぐれた説だが、後日、たったひとつの反証によって覆《くつがえ》されるかもしれない。

「もし一連の事件について完全な真相があきらかにされるとすれば、それは現在の政治体制が覆ったときのことでしょう。銀河帝国と自由惑星同盟が、ともに滅亡したときの……」

それほど大胆な発言でもないつもりだった。歴史学徒になりそこねたヤンにとって、国家が滅びるのは当然のことであった。人に死が訪れるのと同様、世の摂理というものだ。

「エル・ファシルの英雄はハイネセンの予言者になるか」

キャゼルヌが苦笑したが、完全に冗談にはなりきれていなかった。アッテンボローは両手の指を頭の後ろでくんで天井を見あげたが、やがてとまどいがちに口を開いた。

「そういう仮説はともかくとして、何十年も経過してから真相をあきらかにできるんでしょうか。生証人が健在ないまのうちでないとだめなのじゃないかなあ」

「いや、そいつはちょっとちがうような気がするんだ。同時代に生きて実際にその事件を見た人より、資料と遺物にたよるしかない後世の人のほうが、しばしば事件の本質を正しく把握できると思う。でなければ、そもそも歴史学の存在する意味がない」

同時代者は、しばしば主観と感情の深みにはまって、分析や解析をおろそかにする。〝その場にいなかった者にわかるものか〟という台詞は、人間の理性や洞察力を否定し、思考停止を助長する一語で、すくなくとも歴史が学問として成立するのをさまたげるものだ。

クリストフ・フォン・ケーフェンヒラーにしても、第二次ティアマト会戦の参加者としての記憶が生々しかった時期には、歴史の冷静な検討者ではありえなかった。砂時計の砂粒が数千万の落下をつづけたのちに、ようやく、客観的な視点を確保することができたのだ。

ケーフェンヒラーに利用されたとは、ヤンは思わない。それにキャゼルヌ。惑星エコニアの捕虜収容所で、ヤンはケーフェンヒラーに出会い、銀河帝国軍のジークマイスターやミヒャールゼンのことを知った。これが完全な偶然とは思われないのだ。おそらくキャゼルヌは、彼の権限を最大限に活用して、不肖の後輩にすこしだけ夢を見させてくれたのだろう。士官学校の戦史研究科が廃止されなければ、いまごろヤンは次善の人生を歩むことができていたはずだった。エル・ファシルで偶発的に虚名をえることなどなく。

ヤンとアッテンボローがキャゼルヌ家を辞したのは二一時のことだった。荷物は翌日ひきとりに来ることにして、ヤンは安ホテルに直行するし、アッテンボローは士官学校の宿舎に帰るのだ。オルタンスも、両親の信用に応えるため、二三時までには帰宅することにしているが、年少の客人ふたりが辞去するに際しては、婚約者と肩をならべてポーチで見送った。ふたりの姿が消えると、オルタンスは婚約者に笑いかけた。

「あなたでしょ、それにヤン少佐とアッテンボローさん、三人とも才能はあるけど目先は利かないわね。損と承知で、決めた道を行く人たちだと思うわ。だからこそ歩調があうんでしょうけど」

「目先が利かない、か」

肩をすくめたキャゼルヌは、いささか反論の必要を感じたようであった。

「アッテンボローはともかくとして、ヤンは少佐でおれは中佐だぞ。目先が利かないわりには、けっこう出世してるじゃないか」

「そうね、出世はするでしょうね。でも、きっと地位以上の責任を自分でかぶることになるわ」

婚約者の言葉の意味を、キャゼルヌは考えた。それはつまり、ヤンやアッテンボローやそれにキャゼルヌ自身が、国家や歴史を大きくうごかすようになるということだろうか。どうも誇大妄想だな、とキャゼルヌは思ったが、べつに彼はオルタンスの予知能力を理由として彼女に結婚を申しこんだわけではないから、いっこうにかまわないことだった。

キャゼルヌ家を出て、星空の下を走路《ベルトウエイ》に乗って流れながら、ヤンもアッテンボローも、しばらくはなんとなく無言だった。

ヤンはまだ二二歳に達していなかった。人格を成熟させるだけの時間も経験も、充分にあたえられてはいない。ただ、過去の歴史に興味があり、その歴史を蓄積させてきた無数の人間たちに関心がある。人間と社会を解析するのは、初級数学のようにさだまった公式によるわけにはいかない。

「ヤン先輩、おれたちは一〇年後、二〇年後にどうなってることでしょうね。七三〇年マフィアのことなんか考えると、ついそう思います」

「一〇年後の自分のことなんて誰にもわからないよ。わからないほうがいいと思う」

アッテンボローは無難にうけた。

「まあできればみんな健在でありたいものですよね」

だが、これは贅沢な要望であるかもしれなかった。死は彼らの職業であり、あたえる主体と客体がことなるだけのことであった。

「お前さんはあと四カ月か、そのくらいで卒業だよな、アッテンボロー」

「なんとか中途退学にならずにすみそうですよ。ありがたいことで」

軍人としてのアッテンボローは、ヤンよりはるかに才能の均衡がとれている。生命運さえよければ、ヤンのような偶発事によらず順当に栄達するだろう。もっとも、〝上〟とか〝強〟とかいう文字に反発する性癖があるから、上官をたたきのめして営倉入りという可能性もたぶんにある。

「どうだ、どこかで一杯やっていくか」

「けっこうですねえ」

腕時計を見たのは、士官学校の宿舎の門限をいちおう気にしたからだが、すぐにそんな気分はふりすてた。門限のある身でなければ、門限を破る楽しみもない。そのことを、アッテンボローは承知していた。先輩たちの薫陶《くんとう》というべきであった。

V

ヤンとアッテンボローがはいった酒場はパウエル街《ストリート》の一角にあった。二ブロックほど離れたアルゼント街には、士官学校生を顧客とした店が数多くあり、安くて気心も知れているが、アッテンボローが門限破りの現行犯として発見される危険がある。ヤンが奇妙に有名人になってしまっただけに、〝著名な先輩との交友関係を利用して校則をないがしろにしている〟と非難されるようなことになることはさけたいところであった。なにやかやと配慮が必要になって、めんどうなことではある。

店の名は『黒猫亭《ブラック・キャット》』といった。ヤンが店をえらぶ基準がいくつかある。ひとつは客がそれぞれのペースを乱されずに飲めること。ふたつは店がわと常連客が奇妙に慣れあって、初めての客をないがしろにするようなことがないこと。味と値段とサービスとは常識の範囲内であればよい。『黒猫亭』はいずれの基準をもみたしているようだった。ごくありふれた銘柄のウイスキーに、チーズとソーセージとクラッカーの盛りあわせを頼むと、ふたりは、いささかとりとめのない雑談や回顧談の小さな花を咲かせた。

「どうだい、士官学校の雰囲気は、すこしは変わったかい」

「一年半や二年では、そうそう変わりませんよ。生徒も教師も、いい奴と気にくわない奴とが半々です」

ひとくちウイスキーを飲んで、アッテンボローは左手の指を鳴らした。

「そうそう、あの口やかましい、せこい、いやみなドーソン教官がやっと転任しますよ」

「ほう、そいつはお前さんにとっては、めでたいことじゃないか」

「ちっともめでたくありませんよ。おれの卒業と同時なんだから。任官した部署にドーソンの野郎が上官ででかい面《つら》をしていたら、おれの軍人生活は暗黒の出発点です」

にがにがしげに、アッテンボローは、琥珀《こはく》色の小さな滝を口のなかに流しこんだ。幸福にも、というべきであろう、ヤンはドーソン教官の授業をうけたこともなく、口頭試験で接した経験もないので、ドーソンにたいするアッテンボローの評価が完全に正しいか否か、判断する材料はない。だが、これまで、アッテンボローとヤンの対人評価がそれほど差違を生じた例はない。また、アッテンボロー以外の知人からも、ドーソン教官にたいする悪口をヤンは聞いたことがある。知りあわずにすんだほうがよさそうな人であるようだった。

「ものは考えようということもあるさ。終着点が暗黒だ、というよりその逆のほうがましだろう」

ヤンの言葉は、このとき、後輩にたいしてやや説得力を欠いた。

「それはそうですがね、ドーソンみたいな野郎がこれ以上、出世するようなことがあったら、同盟軍の不幸ですぜ。奴は敵襲の寸前でも、兵士の食事のカロリー計算が正確かどうか、コンマ以下のことばかり気にするにちがいないんですから。あんな奴の下で戦うなんて、考えただけでおぞましい」

「お前さんがそれ以上に出世して、奴《やつこ》さんを頤使《いし》してやればいいさ。いまから気に病んでいたんじゃ疲れるだけ損だぞ」

ヤンには、自分がよき士官学校生であったという自覚がない。あまり教官や上級生に虐待された記憶もないので、つい彼らにたいして採点が甘くなるのかもしれなかった。ひとつたしかなことは、シドニー・シトレ校長の在任時代は、士官学校の長い歴史のなかでも五指にはいるほど佳《よ》い時代だったということである。過去には、校長と教官たちの深刻な対立があり、苛酷な教官に反発する生徒たちの教官追放運動があり、それにたいする大量処分があり、上級生と下級生の大乱闘で死者が出たことすらあった。シトレ提督は前線の軍人として有能である以上に、教育者や組織運営者、人事管理者として卓《すぐ》れていることを証明した。欠点のない秀才より、異色の個性をおもんじる人で、この名校長がいなかったら、ヤンはたんなる無彩の劣等生としてのみ、教官たちに認識されたにちがいない。

ヤンはいたって温順な生徒に見えたが、内実からいえば、士官学校の歴史上、もっとも不遜な生徒のひとりであったにちがいない。彼は歴史を無料《ただ》で学ぶ方便として、士官学校に入学したのであるから。彼が入学試験に合格したため、まじめに軍人を志望した人物が不合格になったかもしれないのである。仮にそうであるとすれば、二年後、運命は意地悪くヤンから借金をとりたてることになった。

閉鎖されたばかりの戦史研究科図書館の前で、人生の希望を砕かれたヤン・ウェンリー青年は、悄然《しょうぜん》として立ちつくすことになったのだ。彼は集団をリードしてなんらかの要求を貫徹する、という型の思考をもたなかったが、このときばかりはなけなしの行動力をふるいおこして、戦史研究科の廃止を当局に撤回させる運動をはじめた。戦史研究科で彼に呼応したのはジャン・ロベール・ラップだけで、ほかの生徒は、戦略研究科や経理研究科に転科できることを、むしろ喜んでいた。

もっとも協力してくれた部外者がジェシカ・エドワーズだった。彼女は組織力と指導力と説得力において、ヤンより優秀な人材であった。彼女は、自分の所属する研究科に誇りをもたない生徒たちにたいして本気で腹をたて、孤立無援のヤンたちを励まし、署名運動のために校門の前に立ったり、国防委員会や立体TV《ソリビジョン》放送局に投書をしたり、ほかの生徒に協力を呼びかけたりしてくれた。おそらくヤン自身の運動よりはるかに影響力があったはずである。

とはいえ、けっきょく、彼らの行動は、善戦と称するにとどまった。敗戦の最大原因は、〝予算の減額〟という強敵に対抗する手段がなかったことである。戦争を利用して巨億の利益をえているはずの軍需企業も、戦史研究科を存続させるために一ディナールの寄付すらしようとはしなかった。彼らにしてみれば、戦史研究科などを存続させるより、軍事技術工科学校を増設したほうが備品の納入もふえ、はるかに儲かるのである。ヤンとラップも、敗北を悟ると、いかに損害をすくなくして撤退するかに腐心《ふしん》した。ジェシカ・エドワーズにこれ以上迷惑をかけるわけにはいかなかったし、シトレ校長が責任をとらされて更迭《こうてつ》でもされた日には、最悪の結果になってしまうのであった。

停学ないし退学を申しわたされてもしかたないところであったが、シトレ校長は、生徒の造反にたいして寛大であった。

「主体的に守るべきものがあれば、人は戦う。よい手本を見せてくれた」

そう言って、当事者のほとんど全員を不問にふした。首謀者のヤンとラップだけは処罰をくらったが、それは、戦史研究科図書館の蔵書リストを半年間かけて作製することであった。この〝処罰〟のおかげで、ヤンとラップは、閉鎖後の図書館に出入りし、蔵書が分散後どこに収蔵されるか確認することができたのである。じつに粋《いき》な処置というべきであって、ヤンは今後、一生シトレ校長に頭があがらないかもしれなかった。

この一件で、ダスティ・アッテンボローは先輩のためになんの役にもたたなかった。それも当然のことで、彼が士官学校に入学してきたのは、ヤンが不本意な転科を余儀なくされて以後のことであったのだ。彼がこの事件の渦中にいたとしたら、さぞ張りきって活動し、それに比例して騒ぎを拡大したことであろう。

失意の三年生と元気な一年生との出会いは、宇宙暦《SE》七八五年一〇月のことであった。ヤンは当番兵として深夜、寄宿舎の周辺を巡回していた。このように前近代的なパトロール法は、実用性より慣習を理由として存続するものである。そしてヤンは、まさしく塀をのりこえて侵入しようとする新入生の姿を発見したのだが、苦笑しただけで見逃してやった。その翌日、ダスティ・アッテンボローと名のる新入生から、深甚な感謝の辞をうけることになったのである。その年、新入生の生活指導主任は、かのドーソン教官であった。

そういうことをあまり徳にされてもこまるなあ、と、ヤンは内心でとまどったのだが、たがいの精神的波長があうことは、すぐに判明して、友人としての交流を深めることになった。休暇のときにアッテンボロー家の客となったこともある。

ダスティ・アッテンボローの父親は、取材能力と問題意識にすぐれたジャーナリストであったが、二〇歳から四五歳までのあいだに六回も職場を変わっている。三年間の兵役期間をのぞいて、ほぼ三年に一度の転職歴である。原因はすべて上役との衝突であるが、辞めてもすぐあたらしい職場が見つかるのは、彼の才能を証明するものであったにちがいない。ダスティ・アッテンボローに士官学校に入学するよう勧めたのは、この父親であった。勧められて息子は驚いた。父親がつねに軍隊の悪口を言っているのを知っていたからである。

「息子よ、よく聞け、これには深い事情と重い理由があるのだ」

おもおもしく父親は告げた。彼、パトリック・アッテンボローは青年時代、熱烈な恋愛をしたが、その相手は旧弊《きゅうへい》な職業軍人の娘であった。娘は軍人としか結婚させない、と主張する父親を相手に、パトリックは、一〇〇回以上の口論と三回の殴りあいを演じたすえ、ついに生涯の伴侶を獲得したのである。だが、結婚を承諾するにあたって、新妻の父親は、ひとつの条件をつけた。若夫婦のあいだに男の子が生まれたら、その子を軍人にするというのである。パトリックは三人の子供をもうけたが、すべて女の子であった。失望をかさねた祖父は、退役を目前にして、帝国軍との戦闘で戦死した。その一〇カ月後に四人めの子供が生まれ、それが初めての男児であった。祖父の名をとって、男児は、ダスティと名づけられた。そして一六年後、アッテンボロー父子は進学をめぐって心あたたまる会話をかわすことになるのである。

「お前の祖父《じい》さんが生きていれば、けんかのしようもあるが、相手がこの世にいなくてはどうにもならん。祖父さんの霊を慰めるためだ、軍人になれ、ダスティ」

「ちょっと待て。すると親父《おやじ》は、最初から、生まれてくる子供を犠牲にするつもりで、自分の幸福を追求したんだな」

「そういう表現もできるな」

「ほかに表現のしようがあるか！　なんという親だ。おれは絶対、軍人になんかならないからな」

「そんなことをいうと、祖父さんが化けて出るぞ」

「化けて出るなら、親父にたいしてだろう。おれが祟られたり怨まれたりする筋合はない」

息子が断言すると、父親は、肺の内部を真空にするような大きなため息をついた。

「なあ、ダスティ、夢と未練を遺して死んでいった老人を、哀れとは思わんのか」

「だったら親父が軍人になればいいだろう。おれの知ったことじゃないや」

ダスティ少年がさらに突っぱねると、父親はまたも作戦を変更した。

「いいか、ダスティ、お前が我《が》を張って軍人にならないとしたら、死んだ祖父さんも生きている両親も不幸になる。だが、お前が軍人になれば、お前ひとりが不幸になるだけで、周囲はみんな幸福になれるんだ。差し引き大きなプラスで、めでたしめでたしじゃないか。そのくらいの道理が、どうしてお前にはわからんのだ」

「わかってたまるか」

「ダスティ、お前はいつの間にそんな非情な男に育ったのだ。父さんは悲しいぞ」

「中年男が泣きまねをするな！　うっとうしい！」

父子の対話は、表面かなり喜劇的なものであったが、ダスティ少年としては、父が祖父にたいしていだきつづけている精神的負担を思いやらずにいられなかった。職業軍人にならぬとしても、いずれ兵役には就かねばならないのである。彼はジャーナリストになりたかったのだが、それを公言するのは父親にたいして癪《しゃく》であった。彼は妥協し、士官学校の入学試験をうけるだけはうけてみることにした。先輩のヤン・ウェンリーとことなり、彼はまずまず優秀といえる成績で合格した。そして肝腎《かんじん》の志望大学には不合格となってしまい、かくしてダスティ少年の運命はさだまってしまった。

入学に際して、パトリックが息子に手渡したものがある。それは錆びついた古い銅の鍵で、結婚するに際して花嫁の父親から譲られたものだということであった。なかなかに霊験《れいげん》のある幸運のおまじないで、ダスティの祖父は、この鍵のおかげで再三、生命を救われたという。胸のポケットにいれておいたら、敵弾をうけとめてくれたとか。弾痕が見あたらないので、ダスティはそんな話を信じなかったが、父親の厚意のあらわれとして素直にうけとった。ただし、すぐに憤慨することになる。父親がこの鍵にむかって、息子の志望校不合格を熱心に祈ったという事実が露見したからである。

「……いずれにしても、ひどい親父ですよ。家に帰るたびに口論してます。顔を見たこともない帝国軍の奴らより、よっぽど憎たらしいですね」

「だけど、親父さんのいうとおりだよ。相手が生きているからこそ、けんかもできる。私なんか墓石にむかって不平を鳴らすしかないからなあ」

とくに独創的でもない反応だったが、後輩をうごかすには充分だった。ダスティ・アッテンボローは神妙に一礼した。

「すみません、先輩、無神経なことを言ってしまって。おれはどうも考えなしに口をきくことがあるみたいです」

「いや、気にしないでくれ、恐縮させるつもりなんてなかったんだ」

ヤンはアッテンボロー父子の関係がうらやましい。ダスティがジャーナリストを志望したのは、父親の生きかたにたいする敬愛の念のあらわれであることはたしかであった。

適当な酒量で、彼らは『黒猫亭』でのささやかな酒宴をきりあげた。ダスティ・アッテンボローが士官学校の塀をのりこえるとき、平衡感覚を失うようなことがあってはまずいからであった。

## VI

「探偵さん、お元気ですか。わたしはいちおう元気で、そのぶんほかの人に迷惑をかけながら生きています……」

そのような書きだしで、アルフレッド・ローザスの孫娘がヤンに手紙を送ってきたのは、一月三一日のことであった。ヤンはケーフェンヒラーの遺品となった書籍の山を、公文書館に送るため整理していた。ページをめくりだすとやめることができなくなるとわかっていたので、内容はもう見ないことにしていた。官舎の床にすわりこんでヤンは手紙を読みはじめた。あるていど予想していた内容が、そこには記されていた。

ローザス提督の死は、なかば意識しての自殺だったのだ。古くなった睡眠剤を大量に服用するとき、ローザスは、死ぬもよし死なぬもよし、という心境であったらしい。ローザスは孫娘の手に遺書を託していった。公表したくはないが、仮にお前が司法当局の疑惑を招くようなことがあったときには、身の潔白を証明するためにこれを役だてるように、と。

「何年も前から祖父は死にたがっていました。現実より回想のほうが楽しくなってきたから、もう老残の身で生をむさぼっている必要はないのだ、と語っていました。探偵さんが来て祖父の話を聞いたことが原因ではありませんから、気にしないでください。矛盾するようだけど、探偵さんにだけは知らせておこうと思ったのです……」

たしかに気にしてもしかたないことだった。だが、客人にたいして過去のできごとを語ったことで、ローザスが現在から過去への旅に発《た》つ気になったことはどうやら否定できないようであった。

〝祖父は武勲を偸《ぬす》まれたのだ〟と、ミリアム・ローザスは主張した。それは特殊論のよそおいをした一般論であったように、ヤンには思われる。武勲かがやかしい名将というが、指揮官はつねに兵士たちの武勲を強奪する存在ではないのだろうか。あるいは人間のつくる組織はすべてそのような傾向をもつのかもしれぬが、軍隊はとくにそれが顕著であるようだ。すくなくとも指揮官にはその自覚が必要なのではないだろうか。

ローザスの死に自分が影響をあたえたかもしれない、そう思ったとき、不思議に後味の悪さはヤンにはなかった。彼が実際以上に責任を感じるのは、たぶんローザス自身の意思のありように侮辱をあたえることではないだろうか。ヤンと対面しているその最中においてさえ、ローザスがむかいあっていたのは現在ではなく過去だった。それを感性によって知ったからこそ、ヤンはミリアムの手紙の内容を予測したのだ。むろんヤンは事実を公表するつもりはない。ミリアムもそうであろう。彼だけに真相を知らせてくれたミリアムの好意を謝しつつ、ヤンは、それらを胸底の抽斗にしまいこんで鍵をかけたのだった。

二月六日、ヤン・ウェンリー少佐は統合作戦本部の人事課に出頭を命じられた。国防委員会の人事部とは管掌《かんしょう》がかさなるが、これは要するに前線勤務命令を示唆する状況なのである。柄になく背筋を伸ばし姿勢を正して出頭したヤンにたいし、退役寸前の人事課長キーツ中将が告げた。

「ヤン・ウェンリー少佐に配属命令を伝える。本年三月一日付をもって、第八艦隊司令部作戦課に勤務するよう決定された。貴官の最善をつくして職務に精励されたい」

敬礼で応えながら、どうやら休暇は終わったらしい、と、ヤンは思った。休暇にしては波乱に富んだ多事な半年間であったが、戦場に出ずにすんだ点では、たしかに休暇であるにちがいなかった。その休暇のあいだに幾人かの知己をえて、その一部を失った。それらの記憶を脳裏に通過させつつヤンは敬礼した。
「つつしんで拝命いたします」

二月二五日。アレックス・キャゼルヌの結婚式当日である。

式場には、直接間接にヤンが知っている軍高官の姿も散見された。キャゼルヌ中佐は将来を嘱望される少壮気鋭の英才なのだ。結婚相手が高官の令嬢でないことを残念がる声も聴こえるが、閨閥《けいばつ》を重要視するような輩には、勝手に残念がらせておけばよい。ヤンが残念なのは、第八艦隊に所属して前線勤務ということになり、しばらくはキャゼルヌ夫人の手料理をごちそうになることができそうにもない、という、はなはだ私的な件である。

「つぎはヤン先輩の番ですね、ぜひ呼んでくださいよ」

ヤンよりは礼服が似あうアッテンボローがささやいた。なにか言いかえしてやろうとヤンが思う間もなく、新郎のキャゼルヌが軍官僚の表情で歩みよってきた。

「ケーフェンヒラー老人の遺した資料は、B級重要事項に指定されたよ。つまり今後二五年間の封印というわけだ」

なんとなく襟もとを指でもてあそぶヤンを見ながら、キャゼルヌは声をひそめた。

「これでよかったのか。お前さんの名前で発表するなら、重要事項あつかいはまぬがれたと思うが」

「あれはケーフェンヒラー大佐の調査したことです。私はそれをまとめただけですからね。二五年もたったら、もっと才能のある人が出てきて、定説をたててくれるでしょう」

そのころになると帝国も同盟も消滅して、歴史資料も多く公開されるようになっているかもしれない。そういう思いが脳裏の一隅をかすめさったが、むろんヤンは口にはださなかった。花嫁のほうへ足早に歩みさるキャゼルヌの後ろ姿に視線を送りながら、ヤンは、ネクタイから手を離し、三月からのあたらしい職務が彼になにをもたらすだろうと考えた。

……ヤン・ウェンリーは三三年の人生、一三年の軍人生活において、少尉から元帥まで一一の階級を経験する。そのなかで、もっとも短い在職期間は大尉の六時間であり、もっとも長いそれは少佐の三年一〇カ月であった。

# 人間としてのヤン・ウェンリー

石持浅海

注意　外伝という本書の性質上、この解説は、読者の皆さんが本編並びに正伝をお読みになっているという前提で書かれています。内容に一部触れる記述がありますので、未読の方はご用心ください。

僕たちは、ヤン・ウェンリーが神さまであることを、認めなければなりません。こう書くと、怪訝《けげん》な顔をされる方は、大勢いらっしゃると思います。確かに戦争の名人ではあるが、あれほど欠点だらけの男を、なぜ神さまと呼ぶのかと。

考えてもみてください。この一大宇宙叙事詩は、スタートから一貫して、ラインハルトとヤンの戦力差が拡大する方向で進んでいきます。第八巻あたりになると、もう比較するのがバカバカしいほどの格差が生じています。それなのにヤンは負けないどころか、優秀な敵将を次々と破っていくのです。ここまでくると、もはや人間業とは思えません。個人の能力ではどうしようもないところまで追いつめられているのに、問題を軽々とクリアするのですから。

多くの欠点があるじゃないか、という反論があるでしょう。欠点の最たるものとして、軍人のくせに格闘や射撃はまるでダメだと、地の文でもくり返し表現されています。けれど、それは本当のことなのでしょうか。

ヤンは、士官学校を卒業しています。士官学校のカリキュラムには、白兵戦も射撃も戦闘艇操縦もあります。士官学校はとても厳しいところで、「一課目でも落第点だったら進級不可、たちまち退学」というシステムなのだそうです。つまり彼は、それらの試験をすべて合格しているわけです。

そりゃ白兵戦では、シェーンコップに勝てません。けれど格闘の基礎はきちんと身につけています。この本の読者の中で、ヤンに喧嘩で勝てるのは、ほんの一握りだけでしょう。射撃もキルヒアイスよりは下手ですけれど、普通に撃てば、普通に的に当てられるはずです。そう考えれば、ヤンが決して肉体的に弱い人間ではないことがわかります。欠点と思われていたことは、実は欠点ではないのです。

頭脳は人間の域を超えていて、肉体的にも決して劣っていない。顔も見る人によってはハンサムだし、高い地位を得ても偉ぶらない。スピーチは二秒で終わる。酒品はいい。手は温かくて、乾いていて、感触がいい。こんな人間が、現実に存在するでしょうか。いるはずがありません。やっぱり彼は、神さまなのです。

こうなってしまうと、かわいそうなのはラインハルトです。手持ちの戦力が乏《とぼ》しくなるに従って、自身は神さま化していったヤンに対して、どんどん戦力が豊富になっていったラインハルトは、逆に個人の能力を落とさざるを得ません。当然ですね。彼まで神さまになってしまったら、あれだけの戦力差がある以上、いくらヤンでもあっさり負けてしまいますから。

特に皇帝になってからのラインハルトの凋落《ちょうらく》ぶりには、目を覆うばかりです。第六巻で、皇帝になった自分のことを「予」と呼んだときに、椅子からずり落ちた人は多いのではないでしょうか。おいおいラインハルト、君は腐敗した貴族社会を打ち砕くために、皇帝を目指したはずだ。それなのに、頂点に立った途端に「予」はないだろう。今までどおり「私」でいいじゃないか。そんなことだから君はオーベルシュタインに「それでは、ゴールデンバウム王朝時代と、なんらことならぬではないか」と言われるんだ――そんな読者の叫びは、残念ながら彼には届きません。

本稿の趣旨は、決してラインハルトを貶めることではありません。ラインハルトは極めて勤勉で熱心ですし、大切なものを命がけで護ろうとする純粋さも持ち合わせています。大切なのは、ラインハルトはとても人間くさい人物だということです。外見にしろ能力にしろ、一見神さまのようなラインハルトが、実は最も人間くさく、逆に一見人間くさく描かれているヤンが、実は神さまだという不思議な構造を、銀英伝は持っています。このあたりは、第七巻の解説で久美沙織さんが看破した「銀英伝＝陰陽魚太極図」に通じているのではないでしょうか。

このように神さまであるヤンですが、シリーズ中ただ一編だけ、彼が人間として描かれている物語があります。それがこの外伝4「螺旋迷宮《スパイラル・ラビリンス》」なのです。

本編では、二一歳のヤンが「エル・ファシルの英雄」に祭り上げられてしまった直後から、次の任務に就くまでの半年間が描かれています。

士官学校を出たばかりで社会人経験が一年しかないのに、三〇〇万人の民間人救出の準備を整えたというだけで、僕たち凡人は尊敬してしまいます。ですがこの時代では「有能な軍人であればヤンでなくともやった」そうですから、この時点で、彼はまだ神さまではありません。

そんな彼が、四三年前に起きた、英雄ブルース・アッシュビー大将の戦死に隠された謎を追うというのが、全体のストーリーになっています。アッシュビー提督と彼が従える士官学校時代の同級生たち、いわゆる七三〇年マフィアの間には、いったい何があったのか。第二次ティアマト会戦を、彼らはどうやって完勝に導いたのか。帝国の二人の提督は、なぜ片方は亡命し、もう片方は暗殺されたのか。はるか昔の絡み合った事件を、二一歳の若きヤン・ウェンリーは見事に――解決しません。

そう。本編では、ヤンは驚くほど何もしていないのです。資料を読み、当時を知る人間に会って話を聞きますが、手がかりらしきものを得ることができません。それどころか、無益で結論の出ない思考に延々と身を委《ゆだ》ねたり、悩んでぶつぶつと愚痴を言ったりします。

正伝の中でも、ヤンは悩み、愚痴を言います。けれど既に数多くの実績を積み、現在の地位を築いたヤンの悩みに、読者は共感しません。読者のヤンに対する信頼感は、神さまに対する信仰と同レベルです。ですからヤンが本気になったら、解決できない問題など存在しないと信じているのです。「大変ですねえ」とねぎらいの声をかけるのがせいぜいでしょう。

しかし二一歳のヤンの場合、やや深刻です。彼は本気で迷い、悩みます。その姿は、未熟な若者そのままです。将来のヤンの姿を知らずに、いきなり本編を読まれた方は、「この青年は、この後どうなってしまうのか」と本気で心配するかもしれません。それは共感される悩みであり、読者がそう思ってしまうほど、若き日のヤンは頼りなく見えます。

もっとも、彼に探偵的資質がないわけではありません。ミステリにおける名探偵の仕事は、断片的な事実を丹念に拾い上げ、知的思考によってそれらを組み上げて、全体像を再構築することです。情報を効率よく収集して、上手に活用する。それができなければ、名探偵とはいえません。

ヤンは戦争という活動において、情報の収集と活用の名人でした。つまりは名探偵です。さらにいうなら、彼の被保護者であるユリアン・ミンツの日記に「名探偵ヤン・ウェンリー氏」という記述があります。ということは、ヤンは過去になんらかの事件を解決したことがあるようです。ですから一般的な探偵活動においても、高い能力を示していたに違いありません。安楽椅子探偵のヤンと、助手のユリアン。二人の探偵物語は、ぜひ外伝として書いていただきたいと思います。ですが少なくとも本編の時代では、ヤンは名探偵ではなく、ワトソン役もいません。

物語の中で、ヤンは自らの手で真相を探り当てることができませんでした。それは彼の責任ではなく、もともと物語の構造がそうなっていないのです。彼が得られる情報はごく限られており、全体像を組み立てるには、ピースが余りに不足していました。不十分な情報から真相を見抜いたところで、それはまぐれ当たりに過ぎません。ヤンはそこのところをよくわかっていて、決して安直な結論には飛びつきませんでした。その辺は、ある意味探偵らしいといえなくはありませんが、失敗は失敗でしょう。物語は、決してヤンを称揚《しょうよう》してはいません。

物語の最後に、彼は真実にたどり着きます。しかしそれは、他人の研究成果を読む形が取られています。真相を突き止めるのではなく、与えられる。これもまた、物語の構造に素直に従った結果です。謎があるのに、主人公が謎を解かない。それでは、この物語でヤンが与えられたミッションとは、一体なんでしょうか。

キーワードは、「導き」です。

調査の過程で、ヤンは何人かの年長者と接します。彼らはヤンに——直接的ではないにしろ——情報を与え、ヤンに考察を促《うなが》します。ただし、彼らが促したのは、事件解決のための考察ではありません。軍隊とは、軍人とは、いったい何なのか。そして軍人たちが行う戦争とは、いったいどういうものなのか。そういった命題を、ヤンに突きつけているように思われます。

その上で、ヤンは軍隊という場所で、どう生きるべきなのか。

ヤンはローゼス提督やケーフェンヒラー大佐に導かれて、自分自身の問題について考えるようになります。年長者だけではありません。ローゼス提督の孫娘ミリアムですら、自覚しないまま、ヤンに軍隊というものについて考えさせています。さらには悪役であるコステア大佐も、かつて英雄に憧れた少年兵のその後という形で、ヤンの軍隊を考える材料として登場します。

そして全体のタクトを振ったのは、先輩のキャゼルヌです。キャゼルヌは自らヤンに謎を解くよう指示しておきながら、ヤンが謎に立ち向かう先に、いちいち手がかりを置いています。正確には、手がかりのあるところに、ヤンを派遣します。未熟なヤンに対する、成熟した先輩としての気配りが窺《うかが》えます。

主人公を迷わせるのではなく導く人物が存在する以上、この物語はミステリではありません。むしろロールプレイングゲームに近いでしょう。謎解きに姿を借りた、若者の成長物語なのです。その証拠に、ヤンは旅の過程で、パトリチェフとムライという、将来の腹心と出会っています。彼らは、成長というミッションをクリアした――謎を解いたという意味ではなく――ヤンに対する、物語からのご褒美なのでしょう。

ですが、本編はヤン本人にとって、必ずしも幸せなものではありません。

前述したとおり、投げかけられた謎から一応の解決まで、ヤンが考えていたことは、結局のところ軍隊についてなのです。「エル・ファシルの英雄」から普通の軍人へと、スイッチが切り替わるまでの期間。「休暇」と本人が自覚した時期に、ヤンはごく自然に、自分がこれからも軍人として生きていく覚悟を決めたように思われます。

おそらくキャゼルヌはそこまで考えていなかったはずですが、彼の粋《いき》な計らいがなければ、ヤンはどうなっていたでしょう。英雄であるがため、周囲から浮いてしまい、厄介者扱いされます。ヤン自身にも、英雄の虚名と共にこれからも軍隊で生きていく覚悟ができていません。ヤンと同盟軍、お互いが耐えられなくなった結果、世間がエル・ファシルのことを忘れたタイミングで、ヤンは軍を辞めてしまったかもしれないのです。本人にとってははなはだ不本意でしょうが、そうならなかったのは、同盟軍にとっても読者にとっても、(そしてたぶんラインハルトにとっても)幸運なことでした。

本書はヤンが活躍しないという、シリーズ中でも極めて珍しい物語になっています。けれど、だからといって不満に思う必要はありません。エル・ファシルで三〇〇万人の民間人を救出したときには、彼はまだ何者にもなっていませんでした。本書を経《へ》ることによって、はじめてヤンは真の英雄になる資格を与えられたのです。そして成長を続け、最終的には、他人から信仰心を抱かれるようになりました。「彼が不敗であることはむろんのこと、不死であるとすら信じていた」と言われるほどに。

本書は終わりました。ヤンは新しい任務に就きます。

さあ、もう一度第一巻から読み返してみましょう。

本書は一九八九年にトクマ・ノベルズより刊行された。九八年には『銀河英雄伝説外伝3　千億の星、千億の光』と合冊のうえ四六判の愛蔵版として刊行。二〇〇二年、徳間デュアル文庫に『銀河英雄伝説外伝 VOL.8, 9 ［螺旋迷宮《スパイラル・ラビリンス》上・下］』と分冊して収録された。創元SF文庫版では徳間デュアル文庫版を底本とした。

**著者紹介**　1952年，熊本県生まれ。学習院大学大学院修了。78年「緑の草原に……」で幻影城新人賞受賞。88年《銀河英雄伝説》で第19回星雲賞を受賞。《創竜伝》《アルスラーン戦記》《薬師寺涼子の怪奇事件簿》シリーズの他，『マヴァール年代記』『ラインの虜囚』『月蝕島の魔物』など著作多数。



銀河英雄伝説外伝4
螺旋迷宮《スパイラル・ラビリンス》

2009年4月30日　初版
2023年2月3日　12版

著　者　田《た》中《なか》芳《よし》樹《き》

発行所　（株）東京創元社
代表者　渋谷健太郎

162-0814/東京都新宿区新小川町1-5
電　話　03・3268・8231-営業部
　　　　03・3268・8204-編集部
URL　http://www.tsogen.co.jp
振　替　00160-9-1565
DTP　フォレスト
暁印刷・本間製本



ISBN 978-4-488-72514-3　C0193